文春文庫

# 助手が予知できると、探偵が忙しい

## 依頼人の隠しごと

秋木真



文藝春秋

目次

この作品は文春文庫のために書き下ろされたものです。
この物語はフィクションであり、実在の団体、人物、商品などとは一切関係ありません。

タイトルデザイン　木村弥世
DTP制作　エヴリ・シンク

# 1

夕方の所沢《ところざわ》駅の改札を出ると、歩《あゆむ》は人の喧騒《けんそう》を横目に見ながら東口に足を向けた。数年前に駅ビルの開発計画が始まってから、所沢駅自体に人が来ることも増えた。

通勤通学にも使われるし西武池袋線と新宿線の乗り換えもあるため、所沢駅という場所に来る人間が、10年前に比べたら倍増したように歩は感じる。

だが、それも駅ビルの中までのこと。東口から出ると人の数はぐっと減る。駅ビルは開発されたが、まだ駅周辺から少し離れればそこまで開発が進んでいるわけじゃない。

東口を出て5分も歩けば、人通りも落ち着いて忙《せわ》しなさが薄れる。だから、そんなところで立ち止まって、キョロキョロとあたりを見回している人間がいれば当然目立つ。

歩道に立ち止まって、眉間に皺《しわ》をよせてスマホを見つめている女性を見れば、大体は道に迷っていそうだと見当はついた。

それでも自分から声をかけるほど、歩は親切心に溢《あふ》れていない。通りすぎようとしたところで、

「あの……すみません」

後ろから声がかかった。無視してもよかったが、急いでいるわけでもない。

「私ですか？　なんでしょう」

今、道に困っていそうな人がいることに気づいたという顔で、歩は振り返る。

「この辺りに貝瀬《かいせ》探偵事務所というところがあるはずなんですが、ご存知ないでしょうか」

女性が遠慮した調子で聞いてくる。

まさかの依頼人らしい。

事前に電話を受けていないから、飛び込みでの依頼ということか。

歩は改めて女性を観察する。年齢は20代半ばぐらいで、おっとりとした雰囲気に見える。ブラウンに染めたセミロングの髪に、高級ブランドではないものの、落ち着いた綺麗めなファッションを合わせているのがよく似合っている。

ファッションに興味があるか、そういった仕事をしているのかもしれない。表情に少し焦りが見えるのは、依頼人にはよくあることだ。

そこまで数秒で観察してから、歩は営業スマイルを浮かべる。

「それでしたらご案内できますよ。私が貝瀬探偵事務所の所長の貝瀬ですから」

歩は正直に名乗る。黙っている理由もない。

「そうだったんですか！　えと……電話の連絡などをしていないのですが、依頼のご相談をさせていただけますでしょうか」

女性は目を見開くと、あたふたとして驚いていた。

道を尋《たず》ねるために話しかけた相手が、自分の向かう探偵事務所の人間だとは考えないだろう。心の準備が整わないまま言い訳を言えるだけでも、しっかりした人間なのだと想像がつく。

「前もってお電話いただくようにお願いしていますが、幸いこれからなら時間は空《あ》いています。ひとまず、お話をうかがうだけなら大丈夫ですよ」

歩は調子よく言っておく。

いつも閑古《かんこ》鳥《どり》が鳴いていて、暇だという真実は告げる必要はない。

「よかったです。それで依頼なんですが……」

「ここだと目立ちますから、ひとまず事務所でお話をうかがいます。大っぴらに話すことでもないでしょうから」

女性が話を始めようとしたので、歩は止める。

通りすぎる人が、歩たちのことをチラチラと見ている。

知り合いでもなさそうな雰囲気の2人が何を話しているのか、と気になったんだろう。

「そ、そうですね」

女性は注目されているのに気づいて、縮こまって恥ずかしそうに俯《うつむ》く。

そもそも、歩が本当に「貝瀬」なのかは彼女にはわからないはずだし、名を騙《かた》っている可能性だってある。

その確認をする前に依頼内容を話そうとするなんて、危機管理が甘い。

そこまで考えて、歩は小さく首を振る。どうにも悪い癖だ。初めて会う相手を観察して、見定めようとしてしまう。

相手は依頼人になるかもしれない相手なのだから、後で本人から話を聞けばいい。そうわかっていても、つい観察と推理を働かせてしまう。職業病というより歩個人の癖だ。

「では、事務所はこちらです」

歩は気を取り直して、女性を案内する。

大通り沿いを歩き、貝瀬探偵事務所があるビルの前までやってくる。

階段をのぼり3階にあがったところが、事務所だ。

鍵を開けて事務所に入ると、アルバイトの高校1年生、桐野《とうの》柚葉《ゆずは》が制服にエプロンをつけて事務所の片づけをしていた。

「貝瀬さん、こんにちは……あれ？」

柚葉が、歩の後ろにいる女性に気づいて首を傾《かし》げる。

「依頼人だ。……そうだ。お名前をうかがっていませんでしたね」

歩は、女性を事務所の中に招きつつ尋ねる。

「そうでした。私はどうもうっかりしていて……藤堂町子《とうどうまちこ》です」

「藤堂さんですね。どうぞ」

歩は町子に、来客用のソファを勧める。

お世辞《せじ》にも広い事務所とは言えないものの、来客用のスペースと歩のデスクのあるスペースは区切ってあるし、ソファとテーブルは先代の所長の頃からの物で質は悪くない。

依頼にきた人が不快に思わない程度の配慮はしてある。それも柚葉が片づけてくれたおかげ、という説もあるが。

町子がソファに座ったのを見て、歩も向かい側に座る。

柚葉も急な来客にも手際よくアイスティーを用意してテーブルに置くと、自分は間の席に腰かけた。

「突然、お伺いしてすみません。お電話するのが正しい順序だとは思いつつ、近くまで来ていたもので」

町子が頭を下げる。

「いえ、かまいません。今日はお仕事のお帰りですか」

歩は、それとなく町子のことを探る。

あとでプロフィールは用紙に記入してもらうが、書いてもらうよりコミュニケーションを取りながら聞いたほうが、わかることが多い。

「アルバイトの帰りです。アパレルショップの店員をしていて……」

印象通りだ。

ファッションは派手さこそないものの、ある程度知識がある着こなしに見えた。

「なるほど。今回のご依頼も、そのアルバイトと関係があったりしますか？」

「関係ないと思います。あと、それ以外にも仕事をしていまして……」

町子は、言いにくそうにしている。

「無理に話さなくても大丈夫ですよ。もちろんお話しいただいた内容は口外《こうがい》いたしませんが、ご依頼の内容と関わりがあるかどうかわかってからでも、問題ありません」

守秘義務がある、と言われてもそれを全面的に信じられるかどうかは別の話だ。

「隠すことでもないですから。ただちょっと奇異な目で見られやすい事なので。実は私、副業というか本業というべきなのかわからないんですが、ＶＴｕｂｅｒをしているんです」

「ＶＴｕｂｅｒですか⁉」

柚葉が声を上げて驚く。

歩が睨《にら》むと、すぐに柚葉は肩を縮こまらせて黙る。

「ＶＴｕｂｅｒは、アバターを使ってインターネット配信をする人のことですね。主にアニメ調のイラストを使うことが多いようですが」

歩は、自分にある知識を思い起こして確認する。

「はい。そんな風に客観的に説明されることはほとんどないですけど」

町子がくすりと笑う。

笑わせるつもりで言ったわけではないが、緊張した表情が少し和《やわ》らいだようだ。

「私は3年前から個人で活動していて、企業の支援は受けていません。ご存知ないとは思いますが、龍蔵院《りゅうぞういん》マチという名前で活動しています」

歩はVTuberにはさして詳しくもないので柚葉を見るが、こちらも知らない様子だ。

「こういった質問が失礼だったら申し訳ありません。チャンネルの登録者数はどのぐらいなんですか」

「登録者は、最近8万人になりました」

「すごいですね！」

柚葉が感銘を受けた表情で、町子を見ている。

配信で登録者をそれだけ集めるというのは、柚葉の年代だと憧れなのだろうか。

8万人といえば、ちょっとした町の人口ぐらいある。チャンネル登録者数としても、なかなか多い。

ただ前に調べたことがあるが、その規模だと龍蔵院マチという名前を知っている人はほとんどいないぐらいの知名度だ。

数十万から１００万人以上の登録者で、ようやく知名度がわかりやすく増えてくる世界のようだ。

「話が逸《そ》れてしまいましたね。ご依頼したい内容をお伺いします」

歩は話を戻す。

ＶＴｕｂｅｒの世界については興味はあるが、そこだけをいつまでも掘り下げて聞くわけにもいかない。

「実は最近、困ったことが起きているんです」

「困ったこと……ＶＴｕｂｅｒというお仕事だと、ネットストーカーや誹謗中傷などですか？」

誹謗中傷やストーカー行為というのは、ネット上がメインになりつつある。

しかし、結局はストーカー行為は最終的にリアルに発展する。

ただ、誹謗中傷だと探偵より弁護士が適任だ。証拠集めは探偵がやることも珍しくないが、訴えを起こすなら弁護士でないと手伝えない。

だが、町子は首を横に振った。

「いいえ。ちがうんです。最近、いいことばかり起きて困っているんです」

「……はい？」

思わず歩は、間《ま》の抜けた声を出してしまった。

「いいこと、ですか？」

町子の言っている意図がわからず、歩は怪訝《けげん》に思いつつ尋ねる。

いいことなら、困るという話とつながらない。

「そうなんです。ここのところ立て続けに、懸賞で配信機材が当たったり、龍蔵院マチのグッズを作りたいと言ってくれる会社が現れたりして。スーパーの福引も当たりましたし、自治体の名産品のPR大使の話もきているんです」

それは確かに、いいことが重なっている。

「ですが、それはVTuberとしての実力が認められたからではないんですか？」

偶然のものと実力で得たものを分けて考えれば、ないとは言えないだろう。

グッズ制作とPR大使は実力で、懸賞と福引は運が良かったと切り分ければそれほど不自然でもない。

「VTuberとして、そこまでしてもらえるような目立つことは出来てないですし、活動とは関係ないものもありますし。私、こんなに運がよかったことはないんです。どっちかというと運が悪いほうで。だから突然いいことが起こりすぎて、逆に怖いんです」

町子の表情は真剣だ。

冷やかしや冗談で、言っているわけではなさそうではある。

歩は自然と難しい顔になる。

悪いことが起きるならともかく、いいことが起きるからと探偵事務所に来る人間は初めてだ。それに問題もある。

「調査は可能ですが、なにもなかったと証明されるだけかもしれません。それでもよろしいですか？」

「かまいません。よろしくお願いします」

町子は頭を下げる。

どうやら真剣に悩んでいるのは、間違いないようだ。

柚葉をちらりと見るが、きょとんとした顔をしているので予知は視《み》ていないようだ。

予知に思考が引っぱられることがないのは助かるが、この依頼は引き受けるべきかどうか。

少しだけ考えて、歩は決断する。

「わかりました。依頼をお受けします」

「ありがとうございます！」

町子が喜ぶ。

町子自身、依頼内容がおかしなことは自覚していたのだろう。

引き受けてもらえて、ほっとした表情をしている。

ただ歩が引き受けたのは、この依頼が奇妙で興味を惹《ひ》かれたのもあるが、引っかかることもあったからだ。

その引っかかりがなんなのか、確認したくなった。

「それでは具体的に、調査したい幸運な出来事についてお聞かせください。さきほどの4件が主な幸運な出来事ですか？」

「そうです。最初にあったのは1カ月ほど前でグッズ制作の件です。公開している連絡先のメールアドレスに、グッズを制作している会社から連絡があったんです。『龍蔵院マチのグッズを作りたいのですが、ご興味はありませんか？』と。しかも、制作費はあちらの会社持ちだというんです」

「詳しくないのですが、グッズ制作というと会社側が出すものではないんですか？」

会社がグッズを作るのだから、制作費も会社側が出すのが当然のように思える。

「大手の企業所属のVTuberさんなら、そうかもしれません。でも個人VTuberがグッズを出す場合は、制作にかかるお金は自費のことが多いです。もちろん、個人VTuberでも有名だったり活躍されている方だと企業とタイアップのような形で、負担なくグッズを出されているみたいですけど」

少し見えてきた。その場合のグッズは、会社が販売するというよりは制作をVTuberが依頼するという形だ。

場合によっては販売プラットフォームも会社側が用意するかもしれないが、そこも使用料を取られるのだろう。

会社側はグッズ制作費で儲《もう》ける形であって、リターンが大きくなることもないがリスクは最小限になる。

VTuber側は原価に儲けをプラスした価格のグッズが売れれば、収益になるというわけだ。

それが個人VTuberの一般的な形だとすれば、確かに会社側が制作費を持つグッズ制作というのがかなりの好条件だとわかる。

「事情はわかりました。次の幸運な出来事はなんでしたか?」

「近くのスーパーマーケットの福引です。グッズ制作のお話をいただいてから、数日後だったと思います。スーパーでやっていた福引を引いたら一等が出たんです」

「一等の景品はなんだったんですか？」

「それが……牛乳3パックでした」

恥ずかしそうに町子が答える。

「福引の一等というには、少し派手さのない景品ですね」

温泉旅行や10万円の商品券を期待してしまうが、スーパーの店内での福引という話だからそんなものかもしれない。

「でも！　当たりが出ることなんて普段はないんです。いつもはハズレか一番下のしか当たらなくて」

「ポケットティッシュとかですか？」

「はい、そうなんです！」

町子が力強く頷《うなず》く。

大抵の人がそうだろう。福引の確率から考えても、当たったことがある人の方が少ないのだから。

「次は……」

「懸賞が当たりました。いつ応募したのか忘れてしまったんですが、たぶんスマホでなにかのついでで懸賞が当たるとかで応募したんだと思います。突然、当選通知と一緒にマイクが送られてきたんです」

「マイクですか？」

懸賞でマイクが当たるというのは、あまり聞かない。

「配信でも使える本格的なマイクで、数万円はするものでした。今、使わせてもらっています」

まるで、町子がＶＴｕｂｅｒだとわかっているかのような懸賞品だ。

とはいえ町子自身が応募したことを考えれば、不自然とまでは言えない。自分が欲しいものだから、懸賞に応募したのだろうから。

「最後はＰＲ大使ですか」

「はい。埼玉県入間《いるま》市の名産品『いるまんじゅう』のＰＲ大使になってもらえませんか、というお話がきて。本当にびっくりしました。それが２週間ほど前です」

「びっくりするのはわかります。それにしても、続いていますね」

最初に聞いた時はそれぐらいの幸運はあるだろうと思ったが、聞いてみると幸運が重なりすぎて怖いというのはわからなくもない。

それでも運が良かった、と言える範囲ではある。

「お話はわかりました。それでは都合のいい日に藤堂さんの家に伺って、調査を行いたいのですがよろしいでしょうか」

歩は町子に提案する。

奇抜な内容の依頼だが、調査の仕方は他と変わるわけでもない。

「家にですか？　なんの調査でしょうか」

「盗聴器や盗撮のカメラがないかどうかを調べます」

「盗聴や盗撮の心配があるんですか？」

町子はそんなことを考えていなかったのか、驚いた顔をしている。

「わかりません。ただ、不可解なことが起きているということであれば、まずは盗聴、盗撮などの心配から取り除いていったほうが安心だと思います」

見つかれば、この一連の幸運に何か意味があるというわかりやすい物的証拠にもなる。

「そうですね。明日の昼間なら空いています」

「でしたら、1時頃でいかがですか」

「大丈夫です。お待ちしています」

町子と約束を取り付けると、いつものように契約書などの書類を書いてもらった。

書類を書き終えると、丁寧《ていねい》にお辞儀をして町子は帰って行った。

物腰の柔らかさはVTuberというよりは、アルバイトのアパレルの仕事の影響だろうか。

配信を仕事としているというと、もっと横柄なイメージもあったが、まったくそういったところは見えなかった。

「VTuberさんって、初めて見ました」

町子が出ていくと、柚葉がテーブルの上のグラスを片づけながら感想を口にする。

それまで口数が少なかったのは、余計なことを口にしないようにという柚葉なりの気遣いのようだ。

「珍しい職業ではあるし、人に口外しにくくもあるからな」

以前簡単に調べた限りでは、VTuberはリアルの顔を隠して活動する人が圧倒的に多い。映しても手だけであったり足元であったりで顔は映さない。

素顔とＶＴｕｂｅｒの姿と両方を使って活動する人もいるが、少数派のようだ。

それだけ守っている素顔を知られないようにするためには、情報を漏らす相手を減らすのが一番いい。そういったことから、友人などにもＶＴｕｂｅｒであることを明かさずに活動をする人も少なくないという話だ。

「予知は視ていないんだな」

歩は柚葉に確認する。

「なにも視てないです。危険なことが起きないってことかもしれませんけど」

「それなら助かるな」

柚葉の予知は、何かしら悪い事が起きる時に視ている。

それなら予知を視ないのは、逆に考えれば安全な依頼ということでもある。

「明日、藤堂さんの家に行くんですよね。日曜日だから、私も付いて行っていいですか？」

「かまわない。というより連れていくつもりだった」

「そうなんですか？」

柚葉は目を丸くして驚いている。よほど置いていかれるのではと思っていたのか。

「女性の一人暮らしの部屋に、男一人が訪ねるのは外聞が悪いだろう」

「なるほど。じゃあ、私が必要なんですね」

柚葉は嬉しそうに笑う。

「ただ、調査の邪魔や藤堂さんに迷惑をかけるようなことはしないようにな」

「わかってます！」

明るく答える柚葉に、一抹《いちまつ》の不安を覚える。

「……まあなんとかなるだろ」

歩は溜息《ためいき》混じりに呟いて、肩をすくめた。

## 2

藤堂町子のマンションは、12階建てで築年数は10年以内といった新しめのマンションだった。

マンションのエントランスに入るためには、オートロックの自動ドアを開けなければならず、その手前で部屋番号を押してインターホンを鳴らす形だ。

セキュリティは、かなりしっかりしている。これだと忍びこんで盗聴器を仕掛《しか》けるといった事は、かなりハードルが高くなる。

「藤堂さんの部屋は、501号室だったな」

歩はオートロックの集合玄関機にある、キーパネルで部屋番号を入力してから呼び出しボタンを押した。

『あ、探偵さん。今開けます』

スピーカーから町子の返答があると、すぐにガラスドアが開いた。

歩と柚葉は開いたガラスドアから、中に入る。

ゆっくりと歩きながらそれとなく周りを見回すが、エントランスに入ってすぐに管理人室があり掃除も行き届いている。

歩が住むマンションより、だいぶ家賃が高そうだ。

「セキュリティレベルがかなり高いな」

女性の一人暮らしなら、これぐらいのセキュリティがあってもいい。だが家賃との兼ね合いを考えると、ここまでのマンションは気楽に選べないだろう。

町子はアルバイトとVTuberを掛け持ちしていると言っていたが、少なくとも金銭的に困るような稼ぎではないようだ。

「オートロックのマンションって、こんなふうになってるんですね」

柚葉は、興味深そうにマンションの中を見ている。

どうやらオートロックのマンションに、来たことがないらしい。

「友人の家が、こういうタイプのマンションだったりしないのか？」

今どき、知り合いが誰もオートロックのマンションに住んでいないということも少ないだろう。

「う～ん……そういう友達もいるとは思うんですけど、家に行ったりしないので。遊ぶなら外に行きますし」

「高校生にもなればそうか」

歳を重ねるほど、相手の家まで訪ねることは減る。

小学生ぐらいまでは家で遊ぶかもしれないが、中学生になると部屋に招きたくない心理が働く。

家族と暮らす高校生ぐらいが、一番部屋を訪ねにくいかもしれない。

ただ大学生の一人暮らしになると、逆に増える場合もある。

歩がそうだった。あまり人を招くタイプではなかったが、大学で坂倉《さかくら》と仲良くなってからは、よく一人暮らしの歩のところにやってきていた。

金もないので、ビール缶1本で朝まで話していることも珍しくなかった。

エレベーターに乗り5階で降りると、角部屋の501号室の前まで行く。

インターホンを鳴らすと、すぐに応答があった。

『はい』

「貝瀬です」

歩が名乗ると、玄関のドアが開いて町子が出てきた。

「お待ちしていました。どうぞ」

町子は昨日とさほど変わらない、落ち着いた雰囲気の白を基調としたファッションだった。

部屋着には見えないから、歩たちが来るから着替えたようだ。こういうとき、部屋着や着飾らないファッションで対応する依頼人もいる。自分の部屋の中だから、気にならないのだろう。宅配便の受けとりの時に、格好を気にしない人が多いのと似ている。

探偵としては、こういう時きちんと着替える性格をしている、ということも彼女を知る重要な要素だということだ。

「あまり片づいていないのですが」

町子は申し訳なさそうに言うが、部屋はきれいで床に物が放り出されていることもない。

柚葉の掃除が入る前の探偵事務所より、はるかに綺麗だ。

「今日は部屋に盗聴器などが仕掛けられていないか、調査させていただくだけですから。お気になさらないでください」

歩は、話を合わせてそう言っておく。

「部屋は2LDKですか？」

廊下を見たところ、部屋数からそう推測する。

「はい。1部屋は配信用の部屋になっています。もう一つは寝室です」

一人暮らしにしては部屋数が多いが、仕事用も兼ねているとなればこんなものだろう。

歩は町子に断って、リビングで機材を広げさせてもらう。

柚葉の事件の時にも使った、盗聴、盗撮カメラなどの電波を受信する探知機材だ。リビングで探知機材を起動させれば、室内に盗聴、盗撮電波が飛んでいれば確実に捉えられる。

探知機材に反応はない。まず盗聴、盗撮の心配はなさそうだ。

電波を飛ばさず、ICレコーダーのように録音するタイプもあるが、そうなるとこの部屋の中に入って回収する必要がある。

町子から話を聞く限りでは、付き合っている人間はおらず招く友人もいないそうなので、定期的に部屋を出入りするのは町子だけとなる。

それに加えてオートロックマンションのセキュリティに5階の高さを考えると、回収が必要な盗聴器を仕掛ける可能性は高くない。

念のためそういったタイプの盗聴器や盗撮カメラがないか一通り部屋を調べてみたが、怪しいものは見つからなかった。

「盗聴や盗撮の心配はないと思います」

歩は調査結果を、町子に告げる。

「よかった……」

町子は、ほっとした様子で息をついている。

昨日は気にしていた様子はなかったが、盗聴や盗撮をされていたかどうかは、女性の一人暮らしでは心配だろう。

「もし、差し支えなければ配信について、もう少し詳しくお伺いできますか？　藤堂さんのVTuberのお仕事は、人に注目されやすいものです。もし最近起きる幸運の出来事に理由があるのだとしたら、そちらの可能性が高いと思っています」

幸運が人為的なものかどうかの判断はともかく、そうであったと仮定した場合、原因としてあげられるのはＶＴｕｂｅｒの仕事と考えるのが自然だ。

もちろん他の可能性を捨てることはないが、第一候補として検討するべきだと歩は判断した。

「そうなんでしょうか。身バレには気をつけているのですが」

町子は、腑《ふ》に落ちないという顔をしている。

本人にとっては、慣れた世界での仕事であり特別なことに思えないのかもしれない。

歩も探偵が珍しいと思ったことはないが、探偵だと名乗ると大抵の相手は物珍しそうに見てくる。それと同じ感覚が町子にもあってもおかしくない。

「身バレってなんですか？」

柚葉が首を傾げている。

「身元がばれるの略ですね。今の使い方だと、自分の素性がリスナーさんたちにばれてしまうことを言います。本名とか住んでいるところとか」

町子が説明する。

身バレぐらいなら、歩でも知っている。

柚葉は意外と、そういった用語には疎いようだ。

「あくまで可能性です。アルバイトをされている職場の関係かもしれません。そちらも調査しますが、VTuberの活動については藤堂さんに直接お聞きするしかないので」

アパレルのアルバイトなら、張りこみや聞きこみといった定番の方法が使いやすい。しかし、VTuberの仕事を調べるのは歩も初めての経験だ。

まずはどういった仕事なのかを本人から聞くのが、一番手っ取り早く確実な情報収集だ。

「そうですね。さっきはあまり見られなかったと思うので、配信部屋をご覧になりますか」

町子はそう言って、リビングの隣の部屋に案内する。

配信部屋と町子が言った部屋は、広くなく4畳ぐらいの大きさで小さな窓が一つあった。

ただその窓と四方の壁には、恐らく吸音材らしきものがびっちりと貼り付けられている。部屋に入った瞬間、かなりの圧迫感があった。

柚葉なんて部屋に入るなり、一歩仰《の》け反《ぞ》っていたぐらいだ。

「慣れないと居心地が悪いかもしれません。ですけど、こうしないと音が漏れてしまうので」

町子が苦笑いしながら、壁の吸音材に目を向けた。

「大丈夫ですよ。そちらのパソコンで配信されているんですね」

部屋には大きな机があり、その上にディスプレイが置いてあった。床には大型のデスクトップパソコンが置かれている。あれだけの大きさだと、かなりの高スペックだろうか。

それにしても殺風景だ。机とイスとパソコンしかない。配信部屋の意味は、配信することしかできない部屋ということなのか。

「パソコンがないと配信できないですから。特にＶＴｕｂｅｒは、ネット上のイラストの体……Ｌｉｖｅ２Ｄを動かすのにパソコンのスペックが結構必要なんです。それに加えてゲームをしますから」

「必然的に、高スペックなパソコンが必要になるわけですね」

「ＷＥＢカメラで姿を映して、それをネット上の体に反映させるようになっています。表情を読み取って、きちんと動いてくれるんです」

「それだけ同時に色々なソフトを動かすのは、操作も大変そうですね」

「慣れればそうでもないですよ。私も最初はパソコンに詳しくなかったですし」

好きだからVTuberになったのだろうし、それを続ける上で必要な事なら必死に勉強もするし身につくのも早いのは頷ける。

歩が引き続きパソコン周りに目を向けると、見たことのない機材が置かれていた。

「これはなんですか？」

柚葉も気づいたらしく、指で示して町子に質問する。

「それはオーディオインターフェースです。パソコンに直接マイクを繋《つな》いでも音は拾ってくれるんですけど、ノイズが出たりしやすいんです。それでより高音質にするために、オーディオインターフェースを使っています」

「へえ、音質にこだわりがあるんですね」

こだわりがあるというよりは、こだわらないと視聴者が聞いてくれないのではないだろうか。

配信は数時間続くわけだしその間ずっと聞く音質がひどかったら、どんなに面白いトークだろうと聞いてくれないはずだ。

テレビやラジオではそんなことを気にしたこともないが、個人で配信をするとなればそこから気をつけないといけなくなるのは想像できる。

「このマイクが懸賞で当たったものです。最近音質が良くなったと、リスナーさんにも言われるんですよ」

町子が嬉しそうに、マイクをなでる。

歩にはマイクの種類がわからないが、町子の話から推測すると前に使っていたものより品質がいいマイクということか。

「配信は週にどのぐらいしているんですか？」

歩は尋ねる。

「週に6日は配信しています。バイトに行く前か終わった後ですね。大体は終わった後ですけど」

「そうすると、1日しか休みがないんですか？　大変では」

「VTuber事務所の支援を受けているわけではないので、頑張らないとすぐに忘れられてしまうんです。それに習慣づけておくと、苦に思わないですし」

「どうしてそこまでして、VTuberをしようと思ったんですか？」

柚葉が不思議そうな顔をしている。

聞きようによっては失礼な質問だが、歩も興味があったので口を出さないでおく。

「元々、人前で話すのはそんなに得意じゃないんです。緊張しますし。でも、龍蔵院マチという体を通してなら不思議と話せるんです。その感覚が手放せなくて」

町子が言う中にはただ話すことだけでなく、人に注目される感覚も含まれるのだろう。

人に注目されることが面倒と思う人もいれば、病《や》みつきになる人もいる。そういったことにハマるのには、人見知りや社交的かどうかは関係ない。配信という形でなくても、仕事だと能弁になるが、プライベートでは寡黙《かもく》で話さないという人は何人も見たことがある。そういったギャップを持つのが人の性格だというのは、探偵をしているとよく知ることになる。

3年も活動を続けて来られたのだから、町子は間違いなくVTuberが合っていたに違いない。

「そろそろ帰ります。お話を聞かせていただき、ありがとうございました」

用件も済んだし長居は迷惑だろうと、お暇《いとま》することにする。

「いえ。こちらこそ調査をよろしくお願いします。変な依頼であることは私もわかっているんです。でも、どうしても気になってしまって」

「ご心配には及びません。探偵は、依頼人のご希望に沿えるように調査するだけです。調査報告については、ある程度結果がまとまりましたら、ご連絡を差し上げます」

町子に玄関まで送ってもらい、歩と柚葉は部屋を出る。

「すごかったですね。初めて見るものばかりでした」

柚葉が、呑気《のんき》な感想を口にしている。

「社会科見学に来たわけじゃないからな」

「わかってますよー」

柚葉が膨《ふく》れ面《つら》で言う。

ボタンを押し、エレベーターを呼ぶ。

その時、ふと視線を感じたような気がして、歩は足を止めて周りに目を配るが特に誰もいない。

「貝瀬さん、どうかしましたか？」

「気のせい……か？」

歩は怪訝に思いつつ、エレベーターに乗り込んだ。

## 3

平日のビジネス街は、人が多くてどうにも慣れない。

歩は心の中で溜息をつきながら、フォーマルに見えなくもないぐらいのジャケット姿で歩いていた。

町子の幸運の出来事が人為的かそうでないかは、出所を可能な範囲で調べるのが一番いい。

町子が最近起きた幸運な出来事として挙げたのは、4つ。

懸賞で配信用の品質のいいマイクが当たったこと、龍蔵院マチのグッズ制作が決まったこと、スーパーの福引が当たったこと、入間市の名物のPR大使に選ばれたこと。

どれもが一つ起きれば運がいい、と思うぐらいのことではある。それが立て続けなら、運が良すぎると思うのはおかしくはない。

ただ、探偵に依頼にくるほどかと言われれば微妙だと言わざるを得ない。幸運なら困ることではないからだ。これが不幸が続いているならまだわかる。だが、幸運なら放っておいても問題ない。

町子自身が、幸運以上の何かを感じ取っているのかとも思ってマンションを調べたが、その身に危険が迫っている様子もなかった。

その不可解さがあったからこそ、歩は依頼を受けたとも言える。

まず歩がやってきたのは、町子が3万円相当の配信用マイクを懸賞で当てたという、音響機材のメーカーだ。

目の前に建つ30階建てのビルの12階が、オフィスと調べがついている。

歩はスマホを取り出し、音響機材のメーカーに電話をかける。

メーカーの代表番号とは別に、懸賞の問い合わせ先になっている番号だ。

電話に出た女性に記者だと名乗り、口車に乗せて担当者に繋いでもらう。

『もしもし？　記者さんというお話ですが』

電話に出たのは、若い声の男性だ。いかにも迷惑に感じているのがわかる声色をしていた。

「はじめまして。フリーで記者をしております、貝瀬と申します。とある雑誌の企画記事を担当しておりまして、今回は懸賞を行われている企業さんを無作為に選んで、ちょっとお話を伺っているんです」

もちろん、すべてあらかじめ歩が考えておいた理由だ。

『そんなの答える義務はないですよね。もういいですか』

男性が、電話を切りたがっているのが伝わってくる。

「回答不可でもかまわないのですが、既にいくつかの企業に取材をお願いしていて、他の企業さんにはお答えいただけているんです」

『余所《よそ》のことは知らない』

「そうでしょう。ただ少し考えてみてください。もちろんお断りいただいてもいいのですが、その場合は御社だけ回答なし、ということを書かせていただきますが、よろしいですか？」

電話の向こうで間が生まれる。

想像しているのだろう。アンケート記事で他の企業が回答している中、自社だけが回答なしとなっていた場合に読者はどんな印象を持つか。

やましいところがあるから、答えなかったんじゃないのか。不正があって言えないんじゃないのか。今の時代はすぐにそういった疑いをかけられる。

「今回の企画記事は、ネットでも配信される予定です」

『わかった。電話で答えればいいのか？』

ほとんど脅しのようなものだったが、男性が折れる。

「近くに来ているんですが、直接お会いできませんか。そのほうがニュアンスなどの印象も正しく伝わりますし」

暗に電話だと、ニュアンスが正しく伝わらない場合があるかもしれないという意味だ。

『……どこに行けばいい』

「ありがとうございます。では……」

歩は、近くの喫茶店を指定する。

先に指定した喫茶店に入る。チェーン店の喫茶店ながら、場所柄なのかビジネスマンが多く店内は割合静かだ。

待っていると、30代前半ぐらいの特徴の少ない男性が現れる。店内に入って、すぐに周りを探すように見回しているので歩は片手を挙げる。

歩の特徴は伝えてある。男性は真っすぐにこちらにやってきた。

「貝瀬さんですか？」

電話の時ほど、不機嫌さは感じられない。

「はい。お時間いただきありがとうございます」

歩は丁寧に挨拶《あいさつ》をする。今更で印象は最悪だと思うが。

男性は田原賢二《たはらけんじ》と名乗った。課長だという。この若さで課長なら、結構な出世速度だ。

一通り嘘の企画記事の説明をしてから、田原から話を聞く。

「それでは、御社の懸賞に不正が入る余地はない、ということですか？」

アンケートの一項目として、懸賞の不正について尋ねる。

この質問が本命で、他はほとんど意味がないものだ。

「当然です。アプリを使って番号を抽選します。あらかじめ応募情報に番号を割り振ってあり照らし合わせるんです。完全にランダムですよ」

その頃には田原の口も滑《なめ》らかになっていて、警戒することなく質問に答える。

「なるほど。それなら大丈夫そうですね」

歩は口ではそう言いつつも、いくらでも不正は出来そうだなと考える。

応募情報に番号を振るのは人間のようだし、アプリに細工でもすれば不正操作は簡単だ。ただ、普通はそこまでする意味がない。

「もう質問はよろしいですか。そろそろ社に戻らないと」

田原が腕時計を見る。

「大丈夫です。ありがとうございました。よい記事が書けそうです」

「ちゃんと答えたんだから、お願いしますよ」

田原が念を押してくる。

「もちろんです」

話を終えて、田原が喫茶店を出ていく。

そんな記事を書く予定がないのだから、お願いされてもどうしようもない。

後で田原に確認されても、企画がなくなりましたと答えておけばいい。雑誌では、記事の企画が頓挫《とんざ》することなど珍しくもないからだ。

歩も副業でフリーライターをしているものの、消えた企画などいくつもある。

「さて。次はグッズかな」


電車で30分ほど移動してやってきたのは、古びた5階建てのビルだ。

このビル全体が一つの企業になっている。

龍蔵院マチのグッズ制作をしたい、と持ちかけた企業だ。しかも、制作費は企業側の負担という破格の対応で。

歩は正面入り口からビルに入ると、受付で用件を告げる。町子がやりとりしているという、担当者の名前を出すと、すぐに連絡を取ってもらえた。

ここでの歩の立場は、龍蔵院マチの代理人だ。もちろん町子には許可をもらっている。

受付に言われて3階に上がる。対応に出てきたのは、木下遥人《きのしたはると》という30代前半ぐらいの男性だ。

「えと、龍蔵院マチさんの代理人さんですね。そんな方がいたなんて、初めて知りましたよ」

木下は髪の毛を明るい茶色で染めていて、ハキハキとしゃべる営業マンといった印象を持った。

サラリーマンらしからぬ髪の毛の色からすると、社内風紀は緩《ゆる》めらしい。

「貝瀬といいます」

歩は、落ち着いた雰囲気を作って挨拶する。

「失礼ですが、そんな話は聞いたことがないのですが、本当に龍蔵院マチさんの代理人なんですか」

木下は怪訝そうな顔をする。当然だろう。突然、仕事の取引相手の代理人が現れたら、疑うのが自然だ。

「ええ、こちらに署名をいただいてきています」

歩は、町子に書いてもらった委任状を見せる。

昨日、部屋を訪ねた時に書いてもらったものだ。書式はネットから拾ってきたものだが、一定の効力はあるだろう。

「確かに本物のようですね……失礼いたしました。それでどういったご用件でしようか。グッズ制作には、ご賛同いただけたと思うのですが」

木下は頭を下げると、不安げな目を向けてくる。

進めている企画を引っくり返されるのでは、と不安に思っている顔だ。

「それはもちろん。ただ、龍蔵院さんはなぜ自分のグッズを作ってもらえるようになったのか、不思議に思っているんです。その事について、どういう経緯で龍蔵院さんのグッズを作ることになったのか、お聞きできればと思いまして」

「……なんだ、そんなことか。それならマチさんが直接聞きに来てくださっても、よかったのに……」

木下が、ぼそっと言った声が聞こえた。

「なにか？」

「いえ！　龍蔵院さんのグッズ制作は私が出した企画です。ＶＴｕｂｅｒの活動歴も長く、安定した人気がある龍蔵院さんのグッズなら、売れると考えました」

木下は慌《あわ》てたように、捲《まく》し立てる。

「というと、木下さんは龍蔵院さんの配信を、ご覧になったことがあるんですね」

「当然です。グッズを作るのに配信を見たこともないというのは、あまりに失礼でしょう」

言っていることは正論だが、龍蔵院マチを選んだ理由は曖昧《あいまい》だ。

同じような条件のＶＴｕｂｅｒは、他にもかなりの数いるだろう。

しかも、もっと人気があるＶＴｕｂｅｒだっているはずだ。その中から龍蔵院マチが選ばれた理由にはなっていない。

もちろんこういった仕事なら、木下自身が気に入ったキャラクターのグッズを作ろうとすることはあり得る。企業は採算が取れればいいわけだから、それに見合った企画であれば通るだろう。

つまり、この場合は完全に木下遥人が龍蔵院マチを恣意《しい》的に選んだ、というわけだ。

それが偶然に、他の幸運と同じタイミングになるだろうか。

「以前から龍蔵院マチについては、ご存知だったんですか？　ファンであったとか」

歩は尋ねる。

「仕事に私的な感情は持ちこみません。もちろん先ほども申し上げた通り、龍蔵院さんの活躍ぶりを評価しての事なのは間違いありませんが」

当然のことのようにも思うが、こういった仕事であれば、逆に私的な感情を持ちこまないほうが不自然な気もする。

グッズ制作にあたって、何の私的感情もなく選び出すというのは難しいだろう。グッズという物自体が、人に好感を持って買ってもらう品物だ。

とはいえ、歩に対して私的な感情で選びました、とも言えないのもよくわかる。

「木下さんの熱意が伝わってきました。龍蔵院さんにお伝えしておきます」

「お願いしますね！」

木下は、やけに強く念押ししてくる。

やはり龍蔵院マチが好きなのではないか、と思ったがここでそれを認めさせたところで意味はない。

歩は木下と別れて、ビルを出る。

ここまでの2人のことを、思い返してみる。

田原に関しては、龍蔵院マチの存在を知っているかどうかはわからない。だが、木下は龍蔵院マチのファンだったとしても不自然ではない。

恣意的に幸運を起こせたかといえば、2つとも可能だ。しかし、それは突き詰めればどこでも起こりえることだとも言える。

勘繰《かんぐ》れば怪しいとも思えるが、別に偶然重なっただけと言えるような状態だ。

つまり、怪しいだけで証拠はないし、疑心暗鬼になっているだけと言われればその通りとしか言いようがない。


次に歩がやってきたのは、町子が福引で当たったというスーパーだ。

2時過ぎということもあり、お客さんの姿は多くない。

さっそく歩は、記者を名乗って店長に会った。用件は懸賞のときと同じで、福引の取材とした。

「福引の取材？　忙しいんだ。本社を通してくれ」

話を聞いた店長に、にべもなく追い返されてしまった。

忙しいスーパーだし、実際にチェーン店のスーパーの店長には取材を受けるかどうかを決める権利がないのかもしれない。

歩は方法を変えて、仕事終わりのパートの人を待った。シフト交替の時間なのか、30分も待たずに裏口から、50代ぐらいの女性たちが3人出てきた。

さっき店内で見かけたから、店員で間違いない。

「あのすみません。わたくし記者をしておりまして、少しお話を伺えませんか」

歩は愛想のいい笑みを浮かべて、女性たちに声をかける。

「記者さん？　なにかあったの？」

女性たちは、すぐに食いついてくる。噂好きそうな顔で、向こうから寄ってきた。

「実は福引の取材を店長さんに申し込んだのですが、断られてしまって。ただ、私もそのまま帰るわけにはいかないので、少しでもお話が聞ければと思ったんです」

歩は、わざと同情を引くようにこちらの事情を話す。

その事情も、全て作り話ではあるが。

「あら、大変ね。あの店長なら取材なんて受けないでしょう。ケチだもの」

「そうそう。この前だって……」

「福引がこの間、スーパーであったそうですね。実は不正があったんじゃないかという話がありまして」

女性が別の話を始めようとしたので、歩はすかさず話題を戻す。

不正、という言葉に女性たちが興味を持った顔をした。

「福引は公平に行われていたんですか？」

歩は女性たちの興味を引けたことを確認して、あらためて質問する。

「どうかしら？　あんなの不正しようと思えばできると思うけど」

女性の一人が、首を傾げる。

「そうね。箱の中から福引券を取り出すだけだから。やろうと思えば、箱の中に当たりだけ入れておけばいいんじゃない」

「そこまでして当たるのは、みんな牛乳でしょ。しかも一番いい賞で3パック。不正なんてやるほどじゃないわ。ケチなのよね、うちの店長」

「時給も全然上げてくれないし」

店長への愚痴《ぐち》が始まりそうだ。

「あの……その福引を担当したのは、店長さんですか？」

「違うわ。佐川《さがわ》さんとかいう他店から応援に来てた人。福引は本社からの指示だったらしくて、人員に余裕がないって店長が言ったら、その人を寄こしたみたい」

「では、福引をやる予定を決めたのは本社なんですね」

「そうよ。ただ、この時期に福引をやるのはいつものことだけど。人手が足りなくて、他店から応援がくるの。去年もそうだったわ」

福引自体は本社の指示でも、毎年決まった流れだったわけか。

「なるほど。じゃあ、福引は他店の方がやっていたんですね。その佐川さんという方が」

「そうそう。佐川……久志《ひさし》さんだったかな。ちょっとイケメンだったわね」

「えー、ああいうのが好みなの？」

女性の一人の言葉に、残り２人が異を挟む。

また話が脱線しそうだが、確認したい話は聞けた。

「そうなんですね。ありがとうございました！」

歩はお礼を言って、早々に退散する。

スーパーから離れると、歩きながら歩は考える。

女性たちの話からすると、福引の当たりは商品からさほど高価でないものが選ばれていたらしい。これは町子も言っていた。店内の商品が当たっただけだと。

なので、恐らくは同じ福引のことを指しているはずだ。

わざわざ不正するほどではない、というパートの女性たちの感想は間違っていない。実用的ではあるものの特別感はない。しかし、貰って嬉しくないものでもない。

逆に言えば、それだけ大したものでないからこそ、不正しやすい環境ではあったはずだ。監視の目も緩くなる。

不正は可能ではあるものの、やる意味が少ない。

この福引だけを考えれば、そういう風に考えるのが普通だ。


最後に来たのは入間市役所だ。

龍蔵院マチを、名物の「いるまんじゅう」のPR大使に指名したという話だった。

歩が調べたところだと、いるまんじゅうは入間市の観光協会が作った名物だ。

しかし、元々は有名な漫画作品の架空の名物で、それを実際に作って公認を得たということだ。

今は狭山《さやま》茶を紹介する土産物として、PRしているということだった。

正直なところ龍蔵院マチと関係がないし、接点もない。不可解な依頼と町子が考えても、不思議ではなかった。

町子に連絡をしてきた観光課に向かうと、事前にアポを取っていたこともあって、すぐに担当者が出てきた。

30代前半ぐらいの女性で、名前は都築結花《つづきゆいか》。真面目《まじめ》で活動的な印象を歩は持った。

「龍蔵院マチさんの代理人の方なんですね。今回はどういうご用件でしょうか。PR大使のお話は進めさせていただいていて、上とも話をしているところなのですが」

都築は少し不安げな表情で、歩を見ている。

話を進めているところに、代理人が現れたら何か問題があったのかと思うのも当然だ。そうでなくても、金銭的な条件の提示などいくらでも考えられる。

「そちらについては問題ありません。龍蔵院も今回の話に乗り気ですので」

「そうですか……よかった」

都築はほっと息をつく。

「では、今回はどんなお話でしょうか」

「少しお尋ねしたいことがあるんです。龍蔵院は、なぜ自分が『いるまんじゅう』のPR大使に選ばれたのか不思議に思っています。もし理由をお聞かせいただけるようであれば、と伺いました」

「そうなんですね」

都築が安心した表情になった。

「龍蔵院さんは以前、『いるまんじゅう』を食べる内容の配信をされたことがあるんです」

それは初耳だ。まだ、龍蔵院マチの過去の配信内容も追い切れていない。なにせ週6日の3年間の活動歴だ。配信のアーカイブのタイトルを確認するだけでも、結構な時間がかかる。

「そういう配信もありましたね」

歩は、知らなかったとは顔には出さずに応じる。

「その配信の内容がバランスが取れたもので、素晴らしかったんです。良いところばかりでなく、気になる点も挙げていました。しかも、言葉選びが上手で聞いている側に悪印象を与えないものだったんです。それでこの方ならいいPRができるかもしれない、とPR大使就任を企画させていただきました」

都築が、理路整然としながらも熱く語る。龍蔵院マチを気に入っているのは、確かなようだ。

「なるほど。そういった経緯があったんですね」

龍蔵院マチは、そんな内容の配信もしていたのか。

VTuberといっても、放送内容は多岐に渡る。オーソドックスなのはゲーム配信や雑談配信だろうが、それ以外にも料理配信や自分の得意分野を活かす活動をするVTuberも増えている。

町子は個人VTuberで企業の支援を受けていない。そういった面からも、よりしがらみのない配信をしているのかもしれない。

帰ったら、配信内容をもっとくわしく調べておくべきだな、と歩は決める。

しかし、そういった理由なら納得できなくはないが、やはり都築結花が龍蔵院マチを恣意的に選んだことには変わりはない。

「あれから龍蔵院さんの配信を見る機会が多いのですが、女性にも共感が持てるいい方だと確信しております」

「ありがとうございます。龍蔵院にも伝えておきます」

歩は都築にお礼を言って、観光課を後にする。

これで一通りは、町子の幸運の出来事については調べられた。

不審な事はなかったが、情報整理は必要だろう。

「事務所に戻るか」

## 4

事務所のドアを開けると、明かりがついていて柚葉がいた。

「貝瀬さん、お帰りなさい。今日は調査に行っていたんですか?」

柚葉がエプロン姿で掃除する姿も見慣れた光景になってきたことに、歩は我ながらため息をつく。

外から事務所の窓に明かりが見えたので、いるだろうと思ったがもうすぐ5時だ。別に留守番も頼んでいないし、このアルバイトは少々熱心過ぎる。

「成績が落ちても責任は取らないからな」

「大丈夫ですよ。勉強もしていましたし」

柚葉が、テーブルに広げてあった参考書をバッグに仕舞《しま》う。

勉強をするぐらいなら、家ですればいいんじゃないのか。そう歩は口にしかけたがやめておいた。

特に歩にとって困る話でもないし、むきになることもない。

それに思考をまとめるのに、話し相手がいるのは正直に言えば助かる。

「藤堂さんの幸運の直接の原因である、懸賞を行っている企業なんかを訪ねてきた。どれも恣意的に選べたとも言えるし、まったくの偶然だったとも言えるな」

「それじゃあ、わからないってことですか」

「どうだろうな」

歩は答えながらソファに座ると、スマホを操作する。

柚葉が、そんな歩を興味深げに見る。

「スマホで、何をしているんですか？」

「帰ってくる間に、龍蔵院マチの過去の配信を確認していた。思った以上に多岐に渡る内容で興味深い。ゲーム配信や雑談配信は当然として、ご当地のマイナー名物を食べる配信やファッションやコーデ配信もやってる」

ＶＴｕｂｅｒの配信内容と聞かれてもゲームや雑談ぐらいしか思いつかなかっ

たが、歩の想像以上に配信の種類は多いらしい。

VTuberという二次元の体で動いているにも関わらず、三次元のファッションや食事を食べるという行為を配信内容に混ぜる、ということが意外だった。

「でも、女性のVTuberだと見るのは男性が多いんじゃないですか。女性のファッションとかコーデを男性が見るんですか？」

「それがよく考えられてる。男性のファッションやコーデ向けの知識もあるんだよ。ファストファッションのブランドで、女性向け男性向けの両方のコーデを紹介している。カメラを使って実物も映しているからわかりやすい」

「そういえば、藤堂さんはアパレルのバイトをされているんでしたっけ。専門だから詳しいんですね」

「そちらも確認してきたが、女性も男性も扱うブランドだった。だから男性の服を見るのも仕事のうちなんだろう。それに龍蔵院マチのリスナーの男からしたら、こういう服装が格好いいと言われれば興味はあるからな」

それを狙っているとすれば、町子はなかなかしたたかだ。

そうでもないと、3年も個人でVTuberを続けられないかもしれないが。

「考えられてますね。そういう内容なら、女性のリスナーさんもいそうです」

「実際にいた。SNSで調べた限り、龍蔵院マチの話をしているアカウントは男性7割女性3割といったところだ」

今はスマホ一つあれば、SNSで話題に挙がっているかの検索ができる。龍蔵院マチの話題も、それなりに多かった。龍蔵院マチという名前以外にも、配信内容の感想やファンアートなどでSNSのタグを使い分けるようになっていて、調べやすかった。

毎日のようにSNSへの書きこみをしている熱心なファンも、1時間足らずで調べがついた。ネット社会らしい応援スタイルゆえに、外からも辿りやすくなっているわけだ。

「そうなんですね。こういうのって女性VTuberさんのリスナーは男性で、男性VTuberさんのリスナーは女性って分かれているのかと思いました」

「ベースはそうなりやすいだろうが、同性に好かれやすい人柄だってあるだろう。アイドルVTuberなら別だが、VTuber自体にはアイドルの意味はないからな。色々な活動スタンスがある」

極端な話なら、素顔を出しつつもVTuberの姿でも配信する、というスタイルをとる配信者もいた。元々は素顔をワイプとして映していたのが、二次元のアバターの姿を映すのと使い分けるようにしているらしい。

理由としては、カメラに映すのにメイクをする必要がないから、とインタビューに答えている記事があった。確かに女性ならカメラに映して配信するなら、メイクをする時間がかかる。

しかしＶＴｕｂｅｒなら起きて５分で配信を始めても、映し出されるのは二次元の整った姿だ。

「そういう世界は詳しくないので、勉強になります」

柚葉が、興味があるのか真剣な目で深く頷いている。

「俺も今回調査したにわか知識だ」

町子の依頼があるまでは、歩も柚葉より少し知識がある程度だった。

ただ、それでは調査にならない。だから、すぐに必要な情報は調べて頭に叩きこんだ。探偵は様々な職業の人を相手にするからこそ、何でもすぐに受け入れるフラットな目が求められる。

情報を知っていても、それが偏見に満ちていたら調査の役には立たないからだ。

「じゃあ、今もスマホでＶＴｕｂｅｒについて調べてたんですか？」

「いや。今はオフ会について調べていた」

「オフ会？　なんですか、それ」

柚葉は知らないらしい。新しい言葉でもないが、馴染《なじ》みがない人間にはピンとこない言葉だろう。

「ネット上の知り合いと会うことだ。今、ちょうど会えそうな女性がいるんだよ」

「貝瀬さん……真面目に調査してください」

柚葉が、ジトッとした目で見つめてくる。

「してるさ。これはちょっとした仕込みだ」

歩はスマホを操作しながら、柚葉に答える。

「仕込みって……また何か企んでいるんですか？」

「人聞きの悪い言い方をするな」

まるで、悪巧みでもしているかのような言い草だ。

「貝瀬さんのことは信用してますけど、事が起きるまで私は知らされないことが多いから、心臓に悪いんです」

「秘密は、知っている人間が少ないほうがいいんだ」

「はぁ……そうですか」

柚葉が腰に手をあてて、ため息をつく。

納得したというより、呆れられたようだ。まあ別に構わない。

――と、その柚葉の顔が、突然苦悶《くもん》の表情に変わる。

「……っっ！」

頭を押さえて、その場にしゃがみこむ。

「桐野」

歩はすぐに立ち上がると、柚葉のそばに駆け寄る。

この症状に、歩は見覚えがある。

「予知か？」

歩は尋ねるが、柚葉は焦点の合わない様子で虚空《こくう》を見ている。

前にも、柚葉がこんな状態になるのを見たことがある。その時は予知を視ていた。

5秒ほど経って、柚葉の目の焦点が合うのがわかる。

「えっ……あ」

柚葉は、目の前の歩に気づいて驚いた顔をする。でも、すぐに自分がいま探偵事務所にいることを思い出したらしい。

「予知を……視ました」

柚葉が荒い息のまま、かすれた声で言った。

額《ひたい》から汗が流れていた。

「わかった。とりあえず体を休めろ。その後に話を聞く」

「は、はい。洗面所に行ってきます」

柚葉は立ち上がり、少しだけ覚束《おぼつか》ない足どりで事務所の洗面所に入っていく。

いつ見ても、心配になる消耗ぶりだ。

予知を視るのは、それだけ負担がかかるということなのだろう。

あの様子だと、数キロ走ってきたぐらいの消耗といったところだろうか。それが意図しないタイミングで訪れるのだから、柚葉はよく我慢して受け入れられている。周りへの対応で困ったことも数回ではすまないだろう。

そんなことを歩が思案しているうちに、5分ほどして柚葉が洗面所から出てきた。

「すみません。大丈夫です」

柚葉の顔には、予知を視た直後よりだいぶ赤みが差していた。

平気ではないにしても、ある程度は回復したようだ。

柚葉を来客用のソファに座らせ、歩は向かい側に座る。

「予知の内容について話せそうか」

「話せます」

歩の問いに、柚葉はしっかりと頷く。

「なら聞かせてくれ」

「予知は藤堂さんが郵便ポストを確認して、封筒を取り出すところからです。封筒を見て怪訝そうにしていました」

柚葉はそれだけ言って、小さく頷く。続きがあると思ったが、柚葉はなにも言わない。

「それで終わりか？」

「はい。私も変だな、とは思いました。予知を視るときは、大したことなくても何かしらの悪いことが起きるんです。転んでしまうとかタンスの角に小指をぶつける、とかでもいいんですけど」

どちらも痛そうではあるが、日常的に起こり得る自身で起こすトラブルだ。

「今の話では、藤堂さんは怪我をするわけでも、危険な目に遭うわけでもない」

何かあるとすれば、郵便ポストに入っていた封筒か。

だが、封筒に剃刀《かみそり》の刃でも入っていたのならともかく、そうではない。今までの傾向からも、柚葉の予知なら町子が剃刀で怪我をするところを視るはずだ。例えば、部屋に戻って封筒を開けた時を視るのならわかりやすい。

だが今回はそうではないし、そもそも郵便ポストから封筒を取り出しただけでは、宛名と差出人を見た程度だろう。

「……こんなに平和な予知は、初めてかもしれないです」

「郵便ポストに指を挟んだ、とかもないわけだな」

郵便を取る動作で怪我しそうなシチュエーションというと、そんなところだ。あとは紙で指を切るとかだが、さすがにそれで予知を視ていたら柚葉の体が持たない。

「痛そうな様子にも見えませんでした」

指を挟めば、瞬間的に顔をしかめたりする。

柚葉も見逃さないはずだ。

そう考えたとき、歩の頭にふとした考えがよぎる。

「……いや、待てよ。見える……そうか。可能性としてあり得るな」

歩の頭の中で、急速に推理が組みあがっていく。

この推理が合っているなら、不可解な幸運という点が線で繋がる。

「貝瀬さん。なにかわかったんですか？」

柚葉に言われ、歩は頷いた。

「思いついたことがある」


歩は一人で、町子のマンションにやってきていた。

平日の昼間なので、町子はアルバイトに行っている時間だ。

今日は町子に会いに来たわけではなく、マンションについて調べたいことがあった。そのためには、町子がいないほうが都合がいい。

歩はマンションのドアを開けて中に入る。ここまでは誰でも入れる共用玄関だ。

平日の昼間ということもあってか、出入りする人もなく閑散としていた。

エントランス手前の、オートロックの集合玄関機の前に立つ。

この前に来た時は細かいところまでは確認しなかったが、ここのオートロックは暗証番号もなく、完全に鍵でしか開けられないタイプだ。

つまり何らかの方法で暗証番号を知れば、出入りできるタイプではない。集合玄関機の鍵はマンションの部屋鍵と併用されているが、このタイプはスペアを簡単に作ることはできない。

例えば街の鍵屋でスペアキーを作ろうとしても、作れないと断られる複雑なタイプだ。

応答用のカメラとマイクの他に、防犯用のカメラもついていた。その防犯カメラで確認したのか、管理人室の方向から作業着姿の年配の男性がこちらにやってくるのが見えた。

管理人だろう男が、真っすぐに歩の方に向かってくるのを見て、引き上げることにした。

マンションの外まで出れば、さすがに管理人も追いかけてこない。

でも、これで一つわかった。不審な動きをする人間がオートロックの前にいるだけで、管理人が対応するセキュリティの堅固さだ。

だとすると、やはりあの柚葉の視た町子の予知はおかしい。そのことがわかっただけで十分の収穫だ。

## 5

土曜日になり、貝瀬探偵事務所はいつもと違い慌ただしかった。

時刻は午後1時を回ったところで、柚葉が忙しそうに事務所内の小物家具の移動をしていた。

大型のデスクやイスの移動は、歩が既にやっておいた。

——土曜日に藤堂さんと犯人たちを事務所に呼んだから、準備をしたい。早めに事務所にきてくれ。

あらかじめ柚葉には、そう伝えてあった。

「貝瀬さん、いまだに事件のことがよくわからないんですけど。犯人がわかったんですか？　いや、そもそも犯人がいるんですか？」

書類のファイルを移動させながら、柚葉が興味津々な顔で聞いてくる。

「それは後で説明する。助かったよ。桐野の予知のおかげで、面白い罠も仕掛けられたからな」

「なんだか悪い顔してますよ、貝瀬さん」

「俺の顔は元からこうだよ」

しばらくして事務所の模様替えが終わったところで、町子が予定通りに事務所にやってきた。

「こんにちは。あの……今日は調査結果について、ご報告いただけると伺ったのですが」

町子は事務所内の様子が前と違うことに、驚いた顔をしつつ遠慮がちに確認してくる。

「はい。これからご説明いたします。ただ、その前に調査結果に関わりのある方々を呼んでいるので、少しお待ちください」

歩は、仕事用の笑顔を貼り付けて答える。

「関わりのある方々？」

町子は不思議そうな顔をしたが、それ以上は質問してこなかった。

歩も柚葉も準備に追われていたから、その姿を見て遠慮したのかもしれない。

「VTuberのお仕事柄、直接顔を合わせないほうが良いと思い、パーティションを用意しました。こちら側にいてください」

「お気遣いありがとうございます」

町子が頭を下げる。

この日のために、パーティションをレンタルしておいた。事務所をパーティション数枚で区切り、出入り口から見えない側のイスに町子に座ってもらう。

これで応接スペースから、町子の姿は見えない。町子からも直接応接スペースを見ることはできないが、代わりにモニターを置いた。

元々、貝瀬探偵事務所の応接スペースは防犯カメラで撮影している。依頼人とのトラブル防止のためだが、そのカメラの映像を町子の前にあるモニターに映し出すようにした。

これで町子はパーティションの裏側にいるままで、応接スペースの様子を見ることができた。

ここまでする必要があるかと問われれば、必要だと歩は答える。話し合いの場を設ける時に、依頼人が直接顔を合わせたくないケースはあった。ストーカーや嫌がらせなどの場合が特にそうだ。

たとえ相手が依頼人の顔を知っているとわかっていても、顔を突き合わせて話をするのとはかなり違うし、依頼人の心理的負担の軽減の意味もあった。

話し合いで決着がつかなければ、弁護士を入れた警察への告訴や裁判を視野に入れた形になり、依頼人が直接動く犯人と会うことはほぼなくなる。ただ、そうしない今の時点では、町子がその場にいないと話し合いが成立しない。

あくまで探偵が、仕事として出来るのはここまでだ。代理人になることは家族や探偵でも可能だが、報酬を得ることは禁じられている。つまり探偵にとっては、代理人になることは仕事にならないから引き受けることはない。

それに弁護士と違い、素人が法律に則って適正な落としどころを見つけるのは難しい。相手が弁護士に依頼した場合、話についていけないこともあり得るだろう。そうなると、本人同士か弁護士同士かの話し合いとしたほうがトラブルが少なくなる。

「わかりました。声も出さないほうがいいですか」

町子がモニターを見つめながら、質問してくる。

「それはかまいません。話し合いの場なので、藤堂さんも参加してください。あくまでパーティションは、姿を見せないようにするためのものですから」

町子には、当事者としていてもらう必要があった。言うなれば、歩は司会進行役でしかない。

町子に説明やアドバイスはできても、歩が何かを決定することはできない。

そこから15分ほどして、事務所のインターホンが鳴った。

「来たな」

歩が玄関に向かい、応対する。

ドアの前に立っていたのは、男性が5人ほど。見た顔もあり、相手が歩を見て驚いた顔をしていた。

「どうぞ。お待ちしていました」

男性たちが、重い足どりで事務所内に入ってきた。そのうち2人とは、歩は会って話したことがある。

町子が当てたマイクの懸賞をしていたメーカーの田原賢二、龍蔵院マチのグッズを作っている企業の木下遥人だ。

残りはスーパーの福引を担当していた佐川久志と、不動産会社に勤める海藤航《かいどうわたる》、そして今回の一番のキーマンである男、斎藤律《さいとうりつ》。それぞれ30代前半と年齢も近かった。

「こちらに座ってください」

歩はパーティションの手前に立ち、男たちが町子の側に入ってこないようにする。

そうしながら、歩は町子の様子も窺《うかが》う。

事務所の中に入ってくる男たちに、町子はきょとんとした顔をしていたが、その中の一人の斎藤律を見たときに一瞬だけ驚いた表情をしたのを歩は見逃さない。

やはりそうか、と歩は一瞬だけ心に留める。

ソファだけでは足りないので、仕舞っておいたパイプイスを引っぱり出して、5人全員が座ることができた。

反対側のソファに歩が座った。柚葉は町子のフォローをしてもらうため、パーティションの手前に立っていてもらうことにした。

「今回、みなさんに集まっていただいたのは、ある女性からの依頼があり調査を進めたためです。その結果、あなたがたが迷惑行為を行ったことがわかりました」

歩は、男たちの顔を見ながら言う。

5人の男たちは、誰もが落ち着かない表情でいた。

「ちょっと待ってくれ！　私たちはそんなことはしていない」

木下が歩のことを、ぐっと睨むように見た。

「そうだ。いきなり呼び出して、何だっていうんだ」

「俺はなにもしていない」

男たちが、木下に続いて不満を漏らす。

「今回は当探偵事務所に依頼された龍蔵院マチさんも、いらっしゃっています。みなさんは、龍蔵院さんをご存知ですね？」

歩の言葉に、びくっと5人の表情が固まる。

あまりにわかりやすすぎて、隠し事に向かないことを教えたくなるほどだ。

「知っているが、それがなんだっていうんだ」

音響機材メーカーの田原が、苦い顔をしながら反論する。

「今はその確認だけで結構です。知らないという方はいらっしゃらないようですからね。龍蔵院さん。今回のご依頼についての調査結果をご報告させていただきます。どうして龍蔵院さんの身に不可解な幸運な出来事が起きたのか。それについてご説明いたします」

歩は藤堂町子という名前を伏せて、龍蔵院マチの名前を使う。

男たちのやったことを考えれば本名を知らないわけはないが、こちらからばらす必要もない。

「お願いします」

町子が答える。

その声に、「ほう」と男たちから感嘆のような息が漏れる。

こんな時でも、町子の「声」に心惹かれるらしい。

「まず、龍蔵院さんの身に起きた幸運な出来事のいくつかは、人為的に起きたことです。具体的に言えば、ここに来ていただいた彼らによって引き起こされたものです」

「引き起こされた、ですか？」

町子が怪訝そうな声を出す。

「はい。懸賞の抽選は担当者が人為的に選ぶことが可能でした、グッズは企画を立案して会議を通すことができれば可能でした、スーパーの福引は景品が安い商品だったことから不正することが難しくありませんでした。彼らは今挙げた幸運を、人為的に作ることができた担当の人たちです」

調査した結果、どの幸運とされた出来事も人為的に起こすことができた。

ただ、もちろんそれだけでは何の証拠にもならない。

「目的がわかりません。どうしてこの人たちは、私に幸運な出来事を起こしたりしたんですか?」

「それはこの方たちに、龍蔵院マチの古参リスナーという共通点があるからです。リスナーコミュニティというのはご存知ですか」

「話ぐらいは聞いたことがあります」

「言葉通り、閉鎖型のSNSコミュニティに、いわゆる推しのファンやリスナー同士だけで集まるものです。その中でも、応援歴の長い古参の方だけが参加できるものがあります。ここにいる方々はみなさん、その龍蔵院マチの古参リスナーコミュニティの参加者です」

「な、なぜそんなことがわかるんだ」

田原が、動揺した様子で反論する。

「あなた方をこの場に、龍蔵院マチさんについて重大な話がある、と言ってお呼びしました。それでこの場にいらっしゃっていることが、一つの証明だと思いますが」

「僕はグッズを作っているんだ。そんなことを言われたら来るに決まっているだろう」

木下が言って、苛立ったように唇を噛む。

「木下さんはそうですね。確認した方法は難しいものではありません。古参コミュニティについては、聞きこみをしました。リスナー同士で、オフ会を開いていらっしゃいますよね。そこでは、古参リスナーでない方も参加していました。SNSを通じてそういう方に連絡をとったんです。あなたがたの写真を見せたら、すぐにインターネットで使っているお名前を教えてくださいましたよ」

歩はあくまで落ち着いた口調を崩さずに、疑問に答える。

会ったときに、田原や木下を隠し撮りした写真が役に立った。会っていないスーパー勤務の佐川久志も、後からこっそり写真を撮っておいて確認した。

写真があるなら大丈夫だろう、と思ったんだろう。リスナーの女性は、あっさりと個人情報を話してくれた。

その辺りはオフ会で会ったといっても、インターネット上の付き合いがメインの関係である事から、口が軽くなりやすかったのだと思われる。ネット上の付き合いの弊害かもしれない。いつも会っている友人なら、簡単に情報は漏らさなかったはずだ。

「それは……」

木下はその方法なら調べられることがわかったのか、苦い顔をして黙る。

「いまどきの探偵は、そこまで調べ上げるのか」

佐川が苦い顔をして、肩を落とす。

他の男たちも、観念した様子で反論はない。認めたか。

「どうして、こんなことをされたんですか？」

歩は男たちに尋ねる。

動機の部分は、推測はできるものの確信がなかった。

「最近、マチちゃんが配信している時に悩んでいるように見えたんだ」

田原が俯きながら言った。

「もしかしたら、活動を辞めるんじゃないかってやきもきしていた。そうしたら、うちの不動産屋にマチちゃんが来たんだ」

今まで黙っていた、不動産会社の海藤が口を開いた。

彼は町子が住むマンションを担当した、不動産会社の支店に勤務していることも調べがついていた。

ある意味、彼がこの事件の発端だ。

「どうしてここにいる彼女が、龍蔵院マチだとわかったんですか？」

彼らは龍蔵院マチというアバターの姿は知っていても、藤堂町子の姿は知らなかったはずだ。オフ会はリスナー同士で、町子は参加していない。町子の顔を知る方法はなかった。

「わかるに決まってる。どれだけ声を聞いていると思ってるんだ。3年だぞ。聞き間違えるわけがない。それに防音対策について詳しく聞いてきたし、角部屋を希望していた。配信のためだとすぐに気づいたよ」

配信をするなら住むところの防音は最低条件。隣の部屋が少ない角部屋が望ましいらしい。あとはネット回線だが、今は光回線が入っていないマンションの方が少ない。

その中でもネット回線が安定して速度が出るかは、実際に使ってみないとわからないと町子は言っていた。

そういった条件について、不動産会社の担当者なら聞かれるだろう。

しかし、声だけを聞いて龍蔵院マチと藤堂町子が繋がるとは、たいしたものだ。

「あの……じゃあ懸賞も福引もグッズも、自治体のお土産のPR大使もみんな仕込みだったんですね」

町子の声が沈んで聞こえたのは、歩の勘違いではないだろう。

疑ってはいても、幸運が人為的に引き起こされたことだとわかり、ショックを受けるのも仕方がない。特にグッズに関しては、VTuber活動が認められたからだと思っていたはずだ。ただ、悪い話ばかりではない。

「それについてですが、自治体のPR大使の件は、リスナーの方は関わっていないと判断しました。発案者である担当の方を調べましたが、以前からのリスナーである証拠は出てきませんでしたし、ここにいる彼らとの繋がりもありませんでした。なによりまだ内諾で、これから市の会議にかけられるものです。担当者一人の力でどうにかなるものでなく、だからといって権力のある人間が動いたということもありませんでした。なので、正真正銘の実力からご依頼がきたようですよ」

「そうなんですね！」

町子の声が弾む。

「今までの頑張りを認めてもらえたんだ！」

「PR大使ってマジか！」

PR大使の件は知らなかった古参リスナーも、呑気に喜んでいる。

「あなた方は喜んでいる場合ではないですよ。今回行ったことはストーカーと変わりませんし、職務で得た情報を私的に利用するのは、社内の規則に違反しているはずです」

歩は釘を刺す。

「そ、それは……」

男たちの顔が青ざめる。

「それと斎藤律さん。あなたは、龍蔵院さんのお隣にお住まいですね」

「そ、そんなことは……」

斎藤がしどろもどろになって、顔を背ける。

「え、そうなんですか！　お隣さんは、まだお見かけしたことがなかったんですが……。でも、どうして隣に住んだりしていたんですか？」

「幸運の仕込みに対する、龍蔵院さんの反応を見ることと監視のためです」

「監視とは人聞きが悪い言い方です。マチちゃんの部屋は角部屋だから、私が隣の部屋なら隣人から壁ドンなどをされる危険はなくなりますし、困りごとがあれば仲間と共有して助けられると思って」

斎藤が捲し立てるように、弁明する。

「それを監視というんです。善意からだろうが悪意からだろうがね」

歩は呆れる。

勝手にそんなことをすれば、善意も悪意も関係ない。町子からすれば恐怖を覚える行動だ。

「どうされますか？　ここまですれば、県の条例などに引っかかっている可能性が高いです。警察に引き渡すことも可能ですが」

歩は町子に確認する。

「ちょ、ちょっと待ってくれ！」

「警察は困る！」

警察という言葉に、古参リスナーたちは震えあがる。

「落ち着いて下さい」

男たちがイスから腰を浮かせたので、歩は手で制する。

それでも収まらなそうな気配の男たちに、町子の声が聞こえる。

「あの……」

「なんでしょうか」

「できれば、穏便にすませていただけませんか。今回、みなさんがされたことは、私を想ってのことですし、行き過ぎた面はありますが悪いことが起きたわけではなかったので」

　町子が、柔らかい声音で訴えかける。

　もちろん町子の意思が最終決定で、歩に決定権はない。それを拒否することは、歩にはできない。

「「マチちゃん！」」

　古参リスナーたちは、感激した顔でパーティションを見つめている。

　パーティションの向こう側に、殺到したりしないだろうかと歩は考えたが、古参リスナーたちはまったくそういった動きは見せなかった。

「しかし、個人情報を知られてしまっているのは危険ですよ」

　歩は町子に、危険性を知らせておく。

「わかっています。また引っ越します」

　そこまで決めているのなら、歩もこれ以上は説得できない。

「それでよいのであれば。ただ、龍蔵院マチさんと今後直接関わらないように、念書を書いてもらうことをおすすめします」

「わかりました。探偵さんがそう言うなら」

　この辺りが妥協点だろう。

危険性が高ければ強硬手段を取る必要もあるが、現状は古参リスナーたちに町子に危害を加えるような危険性は感じられない。

歩はあらかじめ用意していた、龍蔵院マチこと藤堂町子に近づかないことを誓う念書を取り出す。それを1枚ずつ、古参リスナーたちに配りサインを書いてもらう。

効力は疑わしいが、ないよりはマシだ。それに龍蔵院マチとの一種の契約と考えれば、思ったよりも効果が期待できる可能性はある。

彼らが龍蔵院マチを推すことを辞めてしまったら意味はないが、その時には町子に近づく意味も失う。

意外といい落としどころなのかもしれなかった。


念書にサインを書かせた後、古参リスナーたちが帰っていき、事務所には歩たちと町子が残った。

「今回は、丁寧に調査していただいてありがとうございました。まさかこんな変な依頼を受けていただいただけでなく、解決までしていただいて。リスナーさんたちが起こしていたことだなんて、思いもしませんでした」

「いえ、こちらは仕事をしただけですから」

依頼への支払いも終わり、町子が立ち上がる。

玄関に向かおうとする町子に、歩は背中から声をかけた。

「藤堂さん。最後に一つお聞きしてもよろしいですか？」

「なんでしょうか」

町子が振り返る。微笑《ほほえ》みをたたえている。その笑みは、幸運の謎が解けた安心感からか。それとも……。

「藤堂さんは、最初から彼ら……古参リスナーたちのことを知っていましたね？」

「どういうことですか。みなさんのことを調べてくださったのは、探偵さんじゃないですか。それともリスナーさんとして、という意味ですか。それならもちろん知っていますけど」

笑みを絶やさずに、町子が首を傾げる。

「ネット上のファンとしてでない、彼らの姿のことです。そう思ったのは、あなたは私に聞かないといけないことを、まったく質問されていないからなんです」

「聞かないといけないこと？」

「彼ら古参リスナーが、いったいなんというハンドルネームなのか、です。声や姿を見ただけでは、わかるわけがありません。普段のあなたは、彼らとコメントという文字でしか繋がりがないんですから。でも、あなたは最後まで尋ねなかった。最初から知っていたからじゃないですか」

当然、今後の配信でも今日来た彼らは、コメント欄に現れるだろう。

それなのに、ハンドルネームを確認もしないのはおかしい。

「そんなわけないですよ。聞かなかったのは聞く必要がないからです。今後、リスナーさんを区別して見たくありませんから。そもそも、今日来た方々のことを知っていて、どうして探偵さんに依頼にきたときにお伝えしないんですか」

「それなんですよ。最初から違和感がありました。藤堂さんは『幸運なことばかり起きて困っている。その正体を突き止めてもらいたい』と依頼されたんです。こういった場合、超常現象の話になられる方も少なくない。例えばお祓《はら》いだとかそういうことです。悪いことが重なった時にお祓いしてもらおう、という発想はおかしくありません。幸運であっても困っていたのなら、その選択肢はあったはずです。しかし、藤堂さんからは一切そういった話がなかった」

「それは、私がオカルトを信じていないだけですよ」

町子の笑みは変わらない。

「かもしれません。でも、こうも考えられます。――最初から人間の仕業だと知っていたから」

「考えすぎです」

「すみません。それが仕事なもので。そういえば、今回来られた古参リスナーの中の一人である斎藤律さんの顔を見て、驚いた表情を一瞬されていましたよね。彼は幸運を起こすことには関わっていない。隣人として監視する役目でした。その顔を見て驚いたのはなぜですか」

「隣人の方の顔ぐらいはなんとなく覚えていますし、その方がこの場に現れて驚いたんです。普通のことだと思います」

ようやく、ボロが出た。

「さきほどは、覚えていらっしゃらないようでしたが。もしそうだとしたなら、最初にもっと驚いてもよかったんじゃないですか。あなたは驚いたのは一瞬だけです。まるで驚いたことを悟られないように、すぐに普通に振る舞いました。驚いておかしくないのに、なぜ驚いたのを隠す必要があったのか」

「話の腰を折りたくなかっただけです。意味なんてありません」

町子から笑みが消えた。

「私はこう考えました。うちの事務所に来る前に、別の探偵事務所にすでに調査を依頼して、幸運を起こした彼らの正体を摑《つか》んでいた。しかし、その調査でわからなかった人間は把握しておらず、知らない顔が現れたことに思わず驚いた表情をしてしまった。つまり隣人だから驚いたのではなく、自分が把握していない人間だから驚いたのを、後ろめたさから思わず隠してしまったんです」

柚葉が、あっという顔をする。

歩が柚葉の予知で、気づいたことがあった。

予知では、セキュリティの堅固なマンションのオートロックの内側から、「何者かが」町子を見ているという形だった。

では、この何者かはいったい誰なのか。

マンション内に自由に出入りして不審がられないのなら、マンションの住人、管理人などだろう。管理会社や不動産会社も立ち入れるが、頻繁に出入りしていては目立つ。

そこから、もう一人の幸運の関係者である、斎藤律の存在を見つけ出した。

柚葉の予知がなければ、歩も気がつかなかっただろう。前に調査した探偵事務所が見逃したのも仕方がない。

「空想が過ぎます」

「否定していただいてもかまいません。あくまでこれは、依頼を終えた後の雑談です。咎《とが》めるつもりも権利もありませんから。警察と違って、探偵というのは依頼人の意向によって動きます。藤堂さんが犯罪をするために探偵を利用したのなら問題ですが、そうではないですよね」

町子は困ったように、眉を下げる。

「リスナーさんは大事ですから」

はっきりとは言わないが、歩の話を認めたということだ。

「たしかにそうでしょう。でも、今回の彼らは善意のつもりであってもやりすぎた。それでもですか？」

「熱意があって推してもらえるなんて、うれしいことですよ。少しぐらい行き過ぎたっていいじゃないですか」

「そのために、私に依頼をしたんですね。彼らの行動が止まる落としどころを作るために」

このままエスカレートして、幸運を起こされ続けるのは町子も困る。

だから、彼らの存在を町子が知る場を作ることで、もう幸運を人為的に起こすのは終わりにする落としどころを作るのが、本当の町子の狙いだった。

それに気づいたからこそ、歩はわざと一堂に会する場を作ったのだ。

「私の活動の場はインターネットの中ですから。そこで推してもらうのが自然なんです」

「それなら、最初に調査を依頼された探偵さんに、お願いしてもよかったんじゃないですか」

柚葉が、不思議そうな顔をしている。

「藤堂さんは穏便にすませたい、と言っていただろう。探偵が話し合いをする場合、同席してもできるのはアドバイスのみ。示談などの交渉は、仕事として報酬を貰うなら弁護士以外は許されていない。だから、探偵事務所は弁護士事務所とも連携をとって、交渉の場には弁護士に同席してもらうこともある。しかし、それだと『穏便』ではないだろ」

「弁護士さんが出てきたら、萎縮《いしゅく》しそうですね」

柚葉が頷く。

「リスナーさんたちが、嫌な気持ちになってしまうのは避《さ》けたかったんです。そうしたら、うちではできないが、貝瀬探偵事務所ならうまくやってくれるだろうと教えてもらったんです」

「その教えた探偵事務所というのは？」

「谷原《たにはら》探偵事務所です」

だろうと思った。あのお節介が。

思わず歩は、心の中で悪態をつく。

谷原探偵事務所は、先代の貝瀬探偵事務所所長である叔父《おじ》の友人がやっている。所長の谷原源太《げんた》は歩を子供の頃から知っていて、叔父に返せなかった恩を歩に対して強引に返してくる。

今回も仕事を斡旋したつもりに違いない。

歩は大きくため息をついた。

## 6

町子が帰り、歩と柚葉は事務所の片づけをしていた。

「私の予知の意味が、やっとわかりました。今日来ていた隣人である、斎藤さんの視点だったんですね」

柚葉は、キッチンで洗い物をしている。

「そういうことだ。恐らくは、監視する視線を危険なものと、予知は考えたのかもな」

「予知って考えるんですか？」

応接スペースに戻ってきながら、柚葉は怪訝そうな顔をする。

「傾向がある以上、何者かが作為的に視せるものを選んでいる。または自動的にそうなるようになっている、と考えるべきだろうな」

「誰かに頭の中を操作されてるみたいで、落ち着かないですけど」

柚葉は気味悪そうに身震いする。

「他人に予知を視せることができる人間がいるとは思えない。俺たちの想像もつかない存在か、それとも自動的なものという可能性のほうが高い。どっちにしろ気にしても意味がないから、忘れておけ」

「貝瀬さんが言い出したんですよ」

柚葉が頰をふくらます。

「それはそうと、貝瀬さんはいつからこの事件について、わかっていたんですか？」

「最初から、違和感を覚えていた」

そうでなければ、依頼を引き受けない。

裏があると思ったからこそ、歩は興味を惹かれた。

「幸運だけ起きるにしても、起きている幸運が藤堂さんにとって都合の悪いものでなかった。押しつけの善意にしては独善的ではなかったから、犯人像はすぐに絞れたよ。一定の理性的な行動が取れる藤堂さんのファンだろうってな。しかも複数人だ。アパレルのアルバイトで、そんなファンがつく人は稀《まれ》だ。となればVTuber活動のほうだと見当をつけるさ」

「じゃあ、最初から幸運が人為的だって気づいていたんですか」

「気づいてはいない。ただ、複数の幸運が同時のタイミングで起きるのを、運がいいと片づけるのには無理があった。仕組みがあるなら、そういった犯人がいると仮定しただけだ」

動機を仮定すると、犯人像は絞られる。その犯人像と一致する人間がいなければ、本当に偶然だったということだ。

歩の調査方針は、最初からシンプルな考えだった。

「それに加えて、藤堂さんの本当の狙いにも気づいていたんですよね。貝瀬さんの頭の中ってどうなってるんですか」

「いたって普通の平凡な頭だよ」

「そう思ってるのは、貝瀬さんだけですよ」

柚葉が肩をすくめる。

どうにも過大評価されがちだな、と歩は嘆息した。

「それにしても、VTuberの世界って大変なんですね。もっと楽しいのかと思ってました」

今日の柚葉は、いつにも増してよくしゃべる。

よほど今回の依頼が、気になったようだ。柚葉にはほとんど事件の真相について話さずに、ここまできたせいもあるかもしれない。

「どんな仕事だって、楽しさと大変さがあるもんだ。ただ、今回は大変というより歪《いびつ》な恐ろしさを感じたけどな」

「恐ろしいって、古参リスナーさんたちみたいに過激な行動をする人がですか?」

「それもないとは言わない。だが、彼らの行動はわかりやすい。昔からよくある熱狂的なアイドルファンと変わらないからな。ああいう一線を越えてしまうファンというのは、いつの時代でも存在した。そういったファンの存在は厄介《やっかい》だし犯罪に走ることもあるが、歪な恐ろしさというのとは違うな」

人の感情としては自然の流れではあるし、珍しいタイプの人間たちでもない。

もちろん、狙われた側は恐怖を感じるだろうが、これはそういった話ではない。

「じゃあ、なにが恐ろしいんですか？」

「藤堂さんだよ。いや、龍蔵院マチといったほうがいいか」

「彼女は被害者ですよ」

「普通は今回のような厄介なファンは、排除して対応するものなんだ。そういった存在に恐怖を感じて、メンタルをやられる人間は多いからな」

「わかります。私も貝瀬さんがいなかったら、怖くて動けなくなってたと思うから」

ストーカーされた経験があり、しかも自分の死を予知していた柚葉は余計にそう思うだろう。

それでも柚葉は、冷静だったし心も強かった。予知という特異な経験を持つことが、柚葉の冷静さにつながったのかもしれない。

だが、龍蔵院マチはそれ以上だ。

「彼女はそういった問題のあるファンすら、自分のファンとして受け入れた。心優しいといえば聞こえはいいが、一度つかんだら離さない、ということでもある。古参リスナーたちは、帰るときのあの様子だと、ますますファンになっていくだろうな。それが藤堂さんが計画してやったことだと知らずに。彼女は見た目で受ける印象より、よっぽどしたたかだ」

「確かに……そうなりますね」

柚葉も怖さがわかったのか、ちょっと青い顔をしている。

結局は、今回の流れは龍蔵院マチが仕組んだ流れ通りに終わった。歩もその流れの一つに過ぎなかった。流れを壊して、龍蔵院マチの狙いを外す理由は探偵の歩にはない。彼女は法的にまずいことをしているわけではないし、依頼人の意向に沿うのが探偵だ。

歩は手に持っていたファイルをテーブルの上に投げ出すと、ソファに体を沈める。

「ファンの一線を越えてしまった古参リスナーと、そんな彼らすら離そうとしない龍蔵院マチ。いったいどちらがより業《ごう》が深いんだろうな」

# 第2話

# 名声の使い方

## 1

薄い膜が張ったような意識の中で、着信音が遠くにきこえる。

「誰だ……」

歩《あゆむ》は薄く目を開けて、スマホを探した。

ベッドの横のサイドテーブルの上に置いてある。手に取ると電話の相手を確認する。

「坂倉《さかくら》か」

坂倉豊《ゆたか》は埼玉県警の刑事で、歩とは大学からの友人だ。

歩は仕方なく電話に出た。

「……もしもし」

「貝瀬《かいせ》か。なんだ、眠そうな声だな」

「その通り寝てたんだよ」

「もう10時だ。もうすぐ昼だぞ。寝ているとは思わないだろ」

「昨日は、夜遅くまで海外ドラマを観てたんだ」

「昔からお前は、意外とドラマとか映画とかが好きだよな。現実主義の割に」

「フィクションはフィクションとして楽しめるからいいんだよ。それで、俺にとっては朝っぱらから何の用だ？　こんな俺の近況を聞きたいわけじゃないだろ」

「今日、会えないか？」

「飲みの誘いか？」

坂倉と会うといえば、最近は居酒屋が多い。

「いや。仕事とプライベートが半々だ。できればそっちの事務所で話したい」

「わかった。夕方4時に事務所でどうだ？」

「助かる。その時間に伺わせてもらう」

通話を切ると、歩はベッドから起きる。

昨日は数日ぶりに、自宅のマンションに戻っていた。いつもは面倒で事務所で寝泊まりしてしまう。

自宅に帰ってのんびりしていたら、Ｎｅｔｆｌｉｘで気になる海外サスペンスドラマが見つかり、結局夜明かしで見終えてしまった。ベッドに入ったのは朝の

5時だ。

正直、まだ寝たりないところだが、一度起きてしまうと二度寝する気にもならなかった。

キッチンに向かい、冷蔵庫を開けて何もないことを確認して閉じる。自宅にいることが少なく、食材を買い込むと悪くなるから買い置きをしていない。どっちにしろ料理もそこまで得意ではないから、自炊の割合も低い。

事務所に行く途中で、コンビニで適当なものを買っていけばいいだろう。

歩はリビングに戻ると、着替えをしながら電話の相手のことを思い返す。

坂倉がわざわざ会ってまで話そうとする、仕事とプライベートの半々の用とはなにか。

歩の探偵も坂倉の刑事も、人の厄介事《やっかいごと》を相手にする仕事だ。お互いに仕事の部分だと、いいことの気はしない。

「仕方ない。残りのプライベートに期待するとしようか」

支度を済ませて自宅を出ると、お昼近くになっていた。

途中のコンビニでサンドイッチとコーヒーを買って、仕事場の貝瀬探偵事務所に向かう。

自宅から歩いて15分ほどだ。この距離感が歩に自宅に帰る気をなくさせる、ちょうどいい距離でもあった。

事務所に着くと、平日の昼間だから当然柚葉《ゆずは》の姿もない。

歩はソファに座って、サンドイッチをかじりながら、郵便受けに入っていた新聞の朝刊を開く。

情報を得る手段として、新聞はネットより速報性がない。そのことで新聞を取らなくなる人もいるが、歩の考えは違った。

情報は速報性が全てではないし、詳細な内容や些細《ささい》な情報など紙の新聞しか扱わないこともある。ネットニュースはアクセス数を稼ぐため、注目の集まる記事を中心に載せるものだし、目立たせるようにしている。

ネットニュースを見るという人でも、ニュースサイトの端から端まで読む人はほぼいないだろう。でも新聞ではそれが可能で、慣れれば時間もそれほどかからない。

それらの考え方も、前の所長で歩の叔父《おじ》の貝瀬泰三《たいぞう》の受け売りなのだが。

新聞を読み終える頃には、午後の3時過ぎになっていた。

書類整理をしながら、時間を潰すことにする。

いつもなら柚葉がそろそろ来る時間だが、今日は少し遅れるとトークアプリで連絡があったからまだ来ないだろう。

遅くなるようなら来なくていいと伝えてあるから、今日は来ないかもしれないが。

そんな風に過ごしていると、インターホンが鳴った。

時計を見ると4時少し前だ。歩が立ち上がって玄関のドアを開けると、スーツ姿の坂倉が立っていた。

180センチ台半ばの身長に、柔道で鍛《きた》えた筋肉質の体つきの坂倉がスーツを着ると、年齢以上の貫禄《かんろく》を感じる。それでいて表情は温和だから、アンバランスなクマのぬいぐるみを連想させた。

「入れよ」

「お邪魔する」

坂倉にソファを勧めて、歩はキッチンの冷蔵庫から麦茶をコップに注いで用意する。

コップを2つ持って、坂倉の前と自分の前に置いた。

「ありがとう」

坂倉は律儀にお礼を言って、麦茶を飲む。

付き合いはもう7年以上になるというのに、歩に対しても礼儀正しく振る舞うところが残っていた。

他人行儀なわけではなく坂倉の性格だ。だからといって、いつも堅苦しいわけでもない。

刑事という仕事柄と、今でも続けている柔道の影響だろうか。

「それで、わざわざ会ってまで話とはなんだ？」

世間話から始める仲でもない。歩はすぐに本題に入った。

「実は明後日《あさって》の水曜日に、休暇を取って秩父《ちちぶ》に行くんだ」

「それはよかったな。旅行の報告をしに来たのか」

「いや違う。貝瀬にも、秩父についてきてほしいんだ」

「おいおい。いつお前と旅行に行く話になった」

大学からの長い付き合いだし、坂倉と旅行に出かけたことはある。しかし、ここ数年はお互いに仕事にかかりきりで日帰りの遠出すらしていない。

「事情がある。とある画家の先生に、個人的に事件の捜査を頼まれたんだ」

「事件の捜査？　しかも個人的っていうことは刑事としてじゃないってことか」

　捜査なら休暇など取らずに、刑事として向かえばいい。秩父なら埼玉県警の坂倉の管轄だ。問題もない。

　だが、わざわざ休暇を使って行くとなると、事情があるということか。歩はそう理解する。

「これは貝瀬探偵事務所への依頼だ。頼めるか？」

　坂倉は真剣な顔をしている。

　普通なら怪しくて何かの罠かと疑うところだが、坂倉に限ってそれはない。真面目《まじめ》過ぎる男だ。

　そして、歩にこんな頼み事をするということは本当に困っているんだろう。

「わかった。引き受ける。……ただし、友人としてな」

　歩は肩をすくめる。

「いいのか？　仕事なら報酬が発生するだろう」

「お前を依頼人として、丁重に扱う気にはならないからな。そんな堅苦しい旅行は御免だ」

「そうか」

坂倉が笑う。

「遅くなりました！」

事務所のドアが開くと、元気よく制服姿の柚葉が入ってきた。

「お邪魔しています」

坂倉が丁寧《ていねい》に挨拶《あいさつ》する。

「あっ……え〜と、失礼しました！」

柚葉があたふたとして、深々と頭を下げる。

「落ち着け。こいつは俺の友人で刑事の坂倉だ。今日は個人的な用があって来ていたんだ。礼儀は必要だが、かしこまらなくていい」

歩は柚葉に説明する。インターホンを鳴らさない柚葉も悪いが、歩も事前に来客について知らせていなかった。

いつも閑古鳥《かんこどり》の鳴いている貝瀬探偵事務所に、客が来ている確率の方が低いのだから、客がいる想定をしろというのも酷な話だ。

「そうなんですね。初めまして。こちらの事務所でバイトをしている桐野《とうの》柚葉です」

落ち着きを取り戻した柚葉が、坂倉に自己紹介した。

「貝瀬から聞いてますよ。とてもよく働いてくれるバイトがいると」

「貝瀬さん、そんなこと言ってるんですか⁉」

柚葉が驚いた顔で、歩を見る。

「おい坂倉、捏造《ねつぞう》するな」

「事務所が前来た時より綺麗なのは、彼女のおかげだろう」

歩は口をつぐむ。

さすが刑事だけあって観察眼が鋭い。坂倉が前に事務所に来たときより、5割増しで事務所内は綺麗だ。坂倉からすれば推理するまでもない。

刑事の観察眼は、こんなことに発揮されなくていいのだが。

「図星だな。まあ上手くやっているようでよかった。こいつは性格の癖が強いから大変だろう」

坂倉が柚葉に向けて話しかける。

「貝瀬さんは頼りになりますよ。確かにちょっと変わっていますけど」

「おい。首にするぞ」

「冗談ですって、冗談です！」

柚葉が慌《あわ》てる。

「刑事の前で、パワハラに不当解雇か？」

「パワハラも不当解雇も、刑事の管轄じゃないだろ。労働基準監督署だ」

「よく知ってるな。来たことがあるのか」

「あってたまるか」

歩と坂倉は、肩をすくめて笑いあう。

柚葉は珍しいものでも見るような顔で、きょとんとしている。

「それじゃあ、そろそろ仕事に戻るとするよ。さっきの詳しい話は後で連絡する」

「わかった」

坂倉が立ち上がって、事務所を出ていく。

その背中を興味深そうに柚葉が見送ってから、歩の方を振り返った。

「さっきの話ってなんですか？」

柚葉が歩に向けて首を伸ばすようにして、聞いてくる。

坂倉の手前、好奇心を抑えていたらしい。

「水曜日に秩父に行くことになった」

「旅行ですか？」

「仕事でもある。まだ詳しいことは聞いていないけどな」

友人として引き受けたから、歩としては仕事のつもりもないが、その説明は面倒なので省く。

「いいなぁ……でも平日じゃ無理です。ついていけない」

柚葉は、がっくりと肩を落とす。

「泊りになるだろうし、どっちにしろ桐野を連れて行く、という選択肢はないから安心しろ」

もしも柚葉がついてきたりしたら、20代後半の男２人に女子高生１人という、説明に困る組み合わせになる。

「冷たい！　せめてお土産買ってきて下さいよ」

「仕事だと言ってるだろ」

「秩父だと、みそポテトがおいしいって聞いたことあります。後は、わらじかつは持って帰るのは無理そうだから……あ、みそまんじゅうっていうのもあるみたいですよ！」

「聞いてないな……」

柚葉は、スマホで秩父の名産品を調べ始める。

柚葉ほどではないにしても、歩も今回は気楽な気分で秩父に行くつもりだ。坂倉の言う「仕事」の部分が気にはなるものの、あくまで話の主体は坂倉だ。

歩をわざわざ呼ぶのは気にかかるが、坂倉は優秀な刑事でもある。頼るつもりが、歩の出番はないなんてこともあるだろう。

昔から坂倉は、歩のことを過大評価しすぎるし自身のことを過小評価しがちだ。優秀でない人間が、あの年齢で県警本部で刑事なんてしていない。

「とりあえず、秩父の観光案内を調べておくか」

柚葉の影響を受けたわけではないが、どうせ行くなら事前に調べておいたほうが楽しめる。歩は思考を切り換えると、まだ秩父名物について話している柚葉のおすすめを聞くことにした。

## 2

所沢駅から西武秩父駅まで、西武線の特急ラビューに乗るとちょうど1時間ほどで着く。

歩と坂倉は、水曜日に所沢駅で待ち合わせをして、事前に買っておいた切符で秩父に向かった。

平日ということもあって車内は空《す》いていて、近況を話したりしているうちに西武秩父駅についていた。

そこからは予約しておいたレンタカーを借りて、秩父市内を車で走る。

坂倉は運転ができるし、歩も免許を持っている。どちらが運転してもよかったが、少しは土地勘があるという坂倉に運転は譲った。

特に車の運転にこだわりがあるわけでもないので、歩は助手席で秩父の観光案内の雑誌を開いていた。

「これから向かう場所について、話をしてもいいか」

車が走り出して５分ほどして、坂倉が切り出した。

「やっとか。画家の先生の所に行くという話は聞いたが、それだけだとさっぱりわからなかったからな。ただの旅行なのかと思ったよ」

事前に聞いたのは、目的地は秩父にアトリエを持つ画家の先生の所という話だけだ。それに関するトラブルなのだろうと思ったが、それ以上のことは坂倉は話さなかった。

前もって事情を聞けば歩はそれについて調べるし、坂倉は歩にそこまでさせたくなかったのだろう。歩の時間をこれ以上使わせることを嫌う、坂倉らしい気遣いだ。

「電車内で話せることでもないからな」

そうだろうと歩も思っていたので、電車内ではあえて聞かずにいた。

必要なら坂倉から話すだろうし、今回は「友人」という気楽な立場だ。別に積極的に、トラブルに関わらなくちゃいけないわけでもない。

「向かっているのは、草場《くさば》源治《げんじ》という70歳手前の画家の先生のアトリエだ。ずいぶん昔から秩父にアトリエを構えて、活動をされている。数年前から住み込みの弟子を取って、一緒に生活しているそうだ」

「そんな文化人とお前が、どういう縁があるんだ？」

坂倉が美術に興味があるなんて話は、歩は聞いたことがない。

「5年ほど前に、草場先生の絵画が盗難されたことがあってな。その事件の担当が俺だったんだ。幸いなことに絵画を盗んだ窃盗団は逮捕されて、絵画も全て戻ってきた。それでどうやら気に入られてしまったらしくてな。時々、連絡をもらうようになったんだ」

「なるほど。それでその画家の先生に、プライベートで刑事を呼ぶようなトラブルが起きたわけか」

「草場先生の未発表の新作絵画が盗まれたらしい。個人的に捜査してほしいと頼

「先生からお聞きしています。どうぞ中へ」

男に案内されて室内に入る。

「すみません。あなたは草場先生のお弟子さんですか」

歩は気になって質問する。

坂倉から聞いている中で当てはまるのは、草場の弟子しかいない。

「自己紹介が遅れました。草場先生の弟子をしている、小岩新《こいわあらた》といいます」

小岩が頭を下げる。

「坂倉とは面識がないんだな」

歩は、小声で坂倉に尋《たず》ねる。

知っているなら、坂倉の姿を見て確認するようなことは言わないはずだ。

「俺が事件を担当した時には、草場先生に弟子はいなかった。事件後はここに訪れていないから、その後に弟子になられたんだろう」

「3年前に弟子入りを志願して、認められました」

小岩は、小声の会話が聞こえたらしく説明する。

その話しぶりからも、年齢より落ち着いた雰囲気の人物に歩には見えた。芸術家というと、奇妙奇天烈《きみょうきてれつ》な人物をイメージしがちだが、小岩にはそういった所は今のところ見受けられない。

室内の奥に進むと、1階はリビングとアトリエが繋《つな》がっている広い空間になっていた。リビングはソファとテーブルがあるものの、テレビはないし家電も冷蔵庫やエアコンなど必要最低限しかなかった。天井も高く、剝き出しの木材には風合いも感じられ、開放感がありつつも気持ちが落ち着く雰囲気があった。

アトリエに目を向けると、年配の男性が歩たちに気づくこともなく、キャンバスを鋭い目で見つめていた。

小柄で長めの髪は白髪《しらが》が混じっているこの男性が、画家の草場源治だろう。調べた限りでは年齢は69歳。年齢よりは少し老けて見えるが、集中している姿は画家としての迫力を感じた。

「草場先生。坂倉様がいらっしゃいました」

小岩が草場に声をかける。

「……ん。おおっ、来てくれたか。久しいな、坂倉さん」

草場はキャンバスから顔を上げて、坂倉を見て破顔した。

数年ぶりの再会だというのに、一目で坂倉とわかったようだ。クマのような男と覚えておけば大体間違いがないから、細かく顔を覚えていたわけでなく全体の印象なのかもしれない。

「ご無沙汰《ぶさた》しています。草場先生」

「そちらの方は、どなたかな？」

草場が歩を見る。

「坂倉の友人の貝瀬歩と言います。今回は坂倉に頼まれて同行しました」

歩は、仕事モードにスイッチを入れて挨拶する。

「確か連れがいるという話じゃったな。彼がそうか」

「貝瀬は探偵をしているんです。今回の件にも必要かと思いまして」

「なるほど。探偵か。かまわんよ。坂倉さんが信用している人物じゃろう。それに都合が良い」

坂倉は、連れが探偵とまでは話していなかったようだ。

草場が気にしていない様子なのは幸いだが、都合が良いという言葉が歩は引っかかる。これから説明されるであろう問題に対して、探偵がいれば役に立つかもしれない程度のことなのか。

「さっそくだが、事件について説明をさせてほしい」

草場が手招きするので、坂倉と歩はアトリエに立ち入る。

絵の具のツンとした独特の匂いに、歩はわずかに顔をしかめる。これは油彩画の匂いか。あまり嗅《か》いでいると酔いそうだが、坂倉は平気そうな顔をしていた。

歩はしかたなく、口呼吸を心がけて匂いを意識しないようにする。

「まずなにがあったか話そう。ここにあった未発表の絵画が盗まれた」

草場は、アトリエの中央寄りにあった空のイーゼルを示す。

アトリエを見回すと、盗まれた証《あかし》のように窓ガラスの一つが割《わ》れたままになっていた。

「いつの話ですか？」

坂倉が尋ねる。

「坂倉さんに連絡を取った前日だから、4日前のことになるな。夜半のアトリエに誰もいない時間に盗まれたのだろう。朝になったら絵画がなくなっていた」

「草場先生と小岩さんのお二人は、ここに暮らしているんですか？」

歩は確認する。

「そうだ。そちらはリビングになっているが、食事などに使う。2階が生活スペースになっておる」

「だとすると、夜半に犯人が侵入した時、2人は2階にいらしたということですね？」

「そうなるな」

歩の質問に草場が頷いたのを見て、歩と坂倉は視線を交わす。

「強盗などでなくてよかったです。金目《かねめ》の物が目当てなら、２階も標的にされていたかもしれません」

坂倉がほっと息をついた。

「ここには、絵画以外に金になるようなものは置いておらんよ」

「それについては犯人はわからないでしょうから、危険はあったと思います」

坂倉の言う通り、金目の物がないから狙われないという安心感ほど意味のないものはない。犯人が同じ情報を共有している理由などないのだから、価値のあるものを持っていそうと思われるだけで狙われる理由になり得る。

「侵入ルートは、あそこの割れた窓ガラスですか？」

歩はアトリエに入った時から気になっていた、窓ガラスのことを聞く。

「絵画がなくなった夜に割れたようじゃから、そうではないかと思う。戸締まりは小岩がしているが、問題なかったという話だ。のう、小岩」

「そうです。毎日、戸締まりには気をつかっています。自分だけでなく先生の絵画が置かれていますので」

小岩がよどみなく答える。

「となると、犯人は窓ガラスから侵入し未発表の絵画を盗んで出て行った、ということですね」

坂倉が当然の推理を説明した。

4日経っているとなると、犯人は遠くに逃亡するには十分だし、証拠も失われているものがあるだろう。初動捜査は、早いほど有効な証拠が集められるのは捜査の常識だ。

だが、今回は例外に当たる。歩と坂倉だけでは科学捜査もろくにできないし、犯人を追う人員も機動力も時間もない。

条件を考えれば、事件を解決するのは困難だ。

「未発表の絵画ということですが、画集などにも載っていないということですよね。なにか見られるものはありますか」

歩は草場に聞いた。

「本当に描きあげたばかりの絵画だから、画集には当然載っておらん。ただ、写真は撮ってある。小岩」

「この絵画です」

小岩がポケットからスマホを取り出し、写真を歩たちに向けて見せる。

そこには、このあたりの風景なのか、森の中に一人の女性が立っている幻想的な風景が描かれていた。

美術の門外漢の歩ですら、思わず目を惹《ひ》かれるような魅力があった。さすが先生と呼ばれる画家だけある。

「やはり警察に連絡して、盗難事件として捜査したほうがよいと思いますが」

坂倉は、難しい表情で草場に促す。歩も同じだ。どう考えても、そのほうが解決の可能性が高い。

「いや。警察では私の未発表の絵画の価値などわからんだろう。手抜き捜査で時間を奪われるのは惜《お》しい。私ももう歳だからな」

「それなら、坂倉も刑事ですが」

歩は思わず口をついて出てしまう。今回の話を聞いた時から感じている矛盾だ。

「坂倉さんは信用できる。しかし、警察に坂倉さんを担当刑事にしてくれ、と頼んだところで受け入れはせんだろう」

「それはそうですね」

歩は頷く。

警察が、捜査員の指名制を取り入れているなんて話は聞いたことがない。そもそも最初は秩父市管轄の刑事が担当するはずだ。県警本部の坂倉まで事件の話が届くかどうかも怪しい。

「なら、個人的に坂倉さんに頼んだほうがいい」

草場の決意は固く見え、説得は無理そうだ。

芸術家の思い込みや意固地と考えれば、十分にありそうだ。坂倉はなにも言っていないが、他の捜査官が草場に対して嫌な思いをさせたのかもしれない。だとすれば、草場が坂倉以外の刑事を嫌ってもしかたがない。

とりあえず現場の写真を撮らせてもらい、一旦引き上げることにした。

「それでは捜査をして、また結果はご報告に来ます」

坂倉が、玄関で草場に向けて言った。

「期待しておるよ」

草場は、新作絵画を盗まれたというのに怒りを感じているようには見えなかった。それだけ坂倉が絵画を取りもどすことを信用しているということなのか。

だとすると、取り戻せなかった時は坂倉に対する扱いも変わるのかもしれない。

歩は草場の斜め後ろに立つ小岩に目を向ける。こちらのほうがよほど、表情に不安が感じられる。自分が戸締まりの管理をしているアトリエで、師匠の絵画が盗まれたのだから、当然だし違和感はない。ただ、草場と小岩の2人を合わせて見ると、どうにも反応がちぐはぐに見えた。

歩と坂倉はアトリエを後にする。

「どう思った?」

車に乗り込むと、坂倉が聞いてきた。

「状況から行くと、外部犯は考えにくい。いたとしたらその犯人は、それほど有名でない草場さんの、まだ知られていない未発表の絵画1点を狙い撃《う》ちしたことになる。金が目的なら複数の絵画を持っていく。実際に以前起きた絵画窃盗事件はそうだったんだろう?」

「当時の事件では、5点の絵画が盗まれた。価値もバラバラだったし、手当たり次第に持っていった犯行だった。犯人の自供では、絵画の価値はわからないと言っていた。美術館に飾られたこともある画家だと聞いて、価値があると考えたらしい」

「それじゃあ売り捌《さば》くのも難しかっただろうな。絵画は売る相手を探すほうが手間がかかる。報道されれば、盗品だとばれた品を売ることになる。盗品だと知って買ったとなれば、絵画を返却することになるし払った金は戻ってこないことがほとんどだ。リスクが高すぎる」

「だから、前の時はすべての絵画が無事に戻ってきたんだろう」

価値は高いが売りにくい。宝石などに比べて、絵画は出所がわからないようにすることができない。そうなると、買う側も盗品とわかっているため躊躇《ちゅうちょ》するし、簡単には買い手がつかないし見つからない。

過去の名画の盗難でも、そんな理由で戻ってきた絵画が何枚もある。

「今回は換金しにくい絵画の、1点を狙い撃ちだ。盗んだ絵画の売却先が決まっていて、その絵画だけを盗んだという考え方もできる。だが、新作未発表作品では価値がわからない。草場先生が絵画史に名を残すような人物なら、新作というだけで価値があるかもしれないが、そうではないようだしな。それに、草場先生が警察に言わないのがおかしい」

「警察の捜査に時間を取られるのを嫌って、とのことだったな。前の事件の時、普段アトリエなど入ることのない刑事が、雑な対応をした可能性はある」

「だとしても変だ。過去の盗難事件は無事に解決しているんだから、普通は信頼するものだろう。事実、その事件を担当した坂倉を呼んでいるんだ。警察が信用

2024年
7月の新刊

# 文春文庫

できないほどの過失なら、草場先生が警察に訴えていたっておかしくない」

「そんな話は聞いていない」

坂倉が首を横に振る。

「となると、違う理由があると考えるのが自然だ」

「弟子の小岩さんか」

坂倉も、歩と同じことを察していたようだ。明らかに様子が変だった。

「草場さんは小岩さんの犯行だと考えて、坂倉を呼んだ。刑事の坂倉が来れば、小岩さんへの牽制と脅しになる。盗んだ動機は不明だけどな」

「だから明らかな盗難事件でも警察に連絡せずにすませたい、ということか。筋は通っているな」

「つまり俺たちの役割はこれで終わった、というわけだ。坂倉が来て姿を見せることが、草場さんの望みなわけだからな。後は小岩さんが坂倉に怯《おび》えて自白して絵画を返却すれば、事件解決だ」

「本当にそれでいいのか……」

坂倉は困惑した様子だ。

それで済むなら一番わかりやすい。

しかし、そうじゃなければ面倒かもな……と歩は口に出さずに考えた。

## 3

アトリエから車を走らせ、予約したホテルにチェックインを済ませた。

時間は午後の3時を回ったところだ。

歩と坂倉は部屋に荷物を置いて、秩父市外に繰り出すことにした。

「腹が減ったな」

歩は駐車場にとめた車に向かいながら、腹を押さえる。

昼食は軽くすませたせいか、こんな時間なのに結構な空腹を覚えていた。

「その辺りにファミレスを見かけたが」

「あのな。秩父まで来てファミレスはないだろ。名物を食べに行くべきだろ」

歩は言葉に力を込める。柚葉から、秩父名物については色々と教えられていた。

「調査はどうするんだ」

「さっき2人で推理しただろう。これは画家と弟子による一種の自作自演。丸く収めるために俺たちは呼ばれただけなんだから、調査することもないさ」

「違ったらどうする?」

坂倉は眉根を寄せて、歩を見る。

「だとしても、4日前に逃げた窃盗犯を2人で手がかりもなしに追いかけるのは現実的じゃない。本気で捕まえるなら警察の人海戦術による聞きこみが必要だ」

「それはそうだろうが……」

真面目な坂倉は、頼まれたのに呑気《のんき》に飯を食っていていいのかと考えているんだろう。

「坂倉には捜査する当てがあるのか?」

「……ないな。捜査ならまずは室内を科学捜査で、足跡や指紋などの手がかりがないか調べる。その上で盗まれた絵画が闇ルートで取引されないかを監視する、といったところだ」

「そのどちらも俺たち2人だけで行うことは不可能だ。闇ルートといっても、正直草場先生の未発表新作が売れるのかは疑問だ」

歩の言葉に坂倉は口をつぐんで、さらに眉間に皺《しわ》が寄った。クマが蜂蜜《はちみつ》を取り上げられたみたいな顔だ。

「そんな顔をするなよ。なにも調査しないと言っているわけじゃない。情報収集ぐらいはするさ。ただ、腹が減っては戦《いくさ》はできぬだろ？」

「わかった。食事をとろう。貝瀬のことだ。おすすめを調べてあるんだろう」

「秩父名物のわらじかつを丼《どんぶり》にした、評判の店があるらしい。うちの助手のおすすめだ」

「なら、期待できそうだな」

「その言い方だと、俺が探した店は良くないような口ぶりだな」

「貝瀬の店探しは大体間違いはないんだが、たまに興味本位でとんでもないものが出てくる店が選ばれるからな」

「ネットのレビューで☆1しか並ばないラーメン屋とか、逆に気になるだろう」

「気になっても、人と食事をしに行く時に選ぶな。レビュー通りの味だっただろうが」

「それを知ることができるのも、食べに行ったからだろ。経験は役に立つ」

歩が坂倉と食べに行ったラーメン屋は、☆1がさもありなんという味をしていた。

それでも店の経営が出来ているということは、怖いもの見たさのような客は他にもいるんじゃないだろうか。

「一体、それを何の役に立てるつもりだ」

坂倉が呆れたように肩をすくめる。

駐車場に着くと、歩が今度は運転した。車を走らせて15分ほどでお店に着いた。

この店は、わらじかつ丼しかメニューにないそうだ。

歴史を感じる佇《たたず》まいの横開きのドアを手で開けて、店内に入った。夕食には早い時間だったこともあり空いている。

カウンター席に歩と坂倉は並んで座った。

「いらっしゃいませ」

カウンターの向こう側にいた、エプロン姿の50代ぐらいのおばちゃんが応対する。

「わらじかつ丼を２つ」

お店のおばちゃんに頼むと、「ありがとうございます」と言って奥にいた男性が料理を始める。

「わらじかつというと、大きいのか？」

坂倉が聞いてくる。

「わらじサイズだからな。というか前に来た時に食べなかったのか？」

坂倉は秩父は初めてではない、という話だったはずだ。

名物だけあって秩父市内なら、わらじかつを食べるところはいくつもある。

「捜査で来たら、早く食べ終えることが重要だからな。混みやすい名物なんて食べられないさ」

「やっぱり俺は刑事には向いてないな。名物を食べないで帰るなんてもったいない」

名物にこだわりがあるというより、その余裕もないのが嫌だというほうが正確かもしれない。

「そりゃ俺だって食べられるなら、名物を食べたいんだがな」

大柄な坂倉は、見た目通りによく食べる。

歩よりよっぽど食事にはこだわっているだろう。

そんなことを話していると、スマホの着信が鳴った。誰かと思ったら柚葉からだ。

学校は？　と思ったが、時計を見ると既に放課後の時間だ。電話に出る。

『貝瀬さん、今大丈夫ですか』

「かまわないが、どうしたんだ」

電話をかけてくる、ということは緊急の用件か。

『予知を視《み》ました』

その言葉に、歩の目が鋭くなる。

「どんなものだ？」

隣に坂倉がいるので、予知という言葉は避《さ》ける。

『貝瀬さんが予知に出てきました』

「ということは、俺が怪我《けが》でもするのか？」

怪我という言葉に、坂倉が反応する。

話しづらいと判断して、歩は通話したまま店の外に出た。

『いえ。怪我をするのは、貝瀬さんではなくて一緒にいる方で……こないだ事務所にいらしていた坂倉さんでしたっけ？　あの刑事さんが階段から転落するところを視たんです』

「坂倉が？　どういった階段だ」

『石段としか。たぶんそんなに高くないと思うんですけど、遠目に神社っぽい建物が見えました』

「神社か。自分で踏み外して落ちたのか？」

『それもわからないです。私が視たのが下からだったので、ちょうど坂倉さんの陰になって、後ろに人がいたのかどうか見えませんでした』

「坂倉の陰になってということは、転落後までは見てないんだな」

転落した後まで視ていれば、坂倉の背後も見える瞬間があったはずだ。

『はい。バランスを崩して、階段に向けて前のめりになるところで予知は終わりました。いつもより短かったのは、あまり関わったことがない方だからなのでしょうか』

「かもしれないが、今回はそれが幸いしたかもな」

『幸いですか？　階段から落ちるって大変ですよ』

「相手は坂倉だからな。話はそれだけか？」

『もう一つ、もっと大事なことがあります』

柚葉が、神妙な声色になる。

予知以上に大事なこととはなんだ。歩も聞き逃さないようにと、耳に神経を集中させる。

「なんだ？」

『お土産忘れないでくださいね』

「……検討しておく」

歩はすぐさま電話を切った。怒らなかったのは褒《ほ》めて欲しい。

こんな時までお土産の話ができるとは、ずいぶんと図太くなった。

最初は予知を視た後は、逃れられない運命に青い顔をしていたというのに。そんなことを思ったせいか、冗談を言う場合でないと注意するのも忘れてしまった。

坂倉が階段から落下する、か。

歩は予知の内容を考える。柚葉の予知は、ここまで外れたことがない。

歩が予知を覆《くつがえ》したと柚葉は言うが、実のところ予知自体は外れていないのだ。

ただ、予知の解釈を変えただけ。

刺されて死んだと思った柚葉は、実は刺されたものの死んでいなかった。車に轢《ひ》かれる女子高生も、轢かれる瞬間を視たわけではなかったから、ギリギリで助けることができた。

しかし、予知で視たところまでは外れていない。

つまり、今回も坂倉は石段から落ちることになる。

柚葉の視た予知の情報からすると、神社の多い秩父で起きる出来事の可能性が高い。

坂倉なら、石段から落ちたところで大した怪我はしないだろう。柔道で身についている受け身が取れる。

それよりも、なぜ落ちたのかだ。

人為的なのか事故なのか。それによって状況は大きく変わる。場合によっては、歩の嫌な予感が当たるかもしれない。

店に戻ると、わらじかつ丼が届いていた。

歩は黙って席に着く。

「大事な用件か？　怪我という声が聞こえたが」

坂倉が怪訝な顔を歩に向ける。

「大丈夫だ。ただ、後で話しておくことがある」

予知については話せなくても、石段から落ちることへの注意は促しておくべきだ。たとえ信じられなくても、聞いていることと聞いていないことでは咄嗟《とっさ》の反応に違いが出る。

「わかった」

坂倉はそれだけ答えて、それ以上は聞いてこない。必要があれば歩が話すと思っているのか。ずいぶんと信用されたものだな。

「うまいな、これ」

歩はわらじかつを口に運んで、そのおいしさに驚く。

わらじかつは丼を覆《おお》ってご飯が見えないほどの大きさだが、口の中でとろけるように柔らかい。

「ソースもうまい。名物になるのもわかるな」

坂倉も満足げに食べている。

そんな調子で、歩と坂倉はぺろりと丼を平らげた。


食事を終えると、また車で秩父市内を走る。

「次はどこに行くか。羊山《ひつじやま》公園もいいし、秩父神社もいいな」

歩はハンドルを握りながら、秩父の名所を挙げる。

「遊びに来たんじゃないんだがな」

助手席の坂倉は呆れ顔だ。

「今はそうしたほうが事件が動く。結果的に解決も早まる……かもしれない」

歩自身も確信はない。だが、歩が最初に感じた面倒な展開になる予感は高まっていた。

「どうしてだ？」

「よく当たる占い師から、連絡がきたんだよ。坂倉は階段から落ちるから気をつけろ、ってな」

柚葉の予知のことは、坂倉であっても言うことはできない。坂倉が信用できないという話ではなく、柚葉の秘密を勝手に歩が話すのは筋が通らないからだ。

「意味が分からん。前もそんなことを言っていたが、いつから占い師を信用するようになったんだ？　貝瀬らしくない」

「よく当たりすぎるから、宗旨替えしただけだ。今言ったことは覚えておけよ。階段に気をつけろ。占い師っていうのが気に入らないなら、俺が注意したってことでいい」

歩は冗談と受け取られないように、真顔で坂倉に告げる。

「……わかった。お前は真面目な顔で、そんな冗談を言うやつじゃないからな。だが、俺が階段から落ちるにしても、遊びに行くのは関係あるのか」

「関係あると俺は考えている」

「なら、付き合うさ。毒を食らわば皿までだ。元々、組織を使えない捜査では、歩のほうが動き方を心得ているだろう」

坂倉はお手上げだ、という様子で肩をすくめる。

さすがに占い師の話を信じたわけではなさそうだが、気にとめておいてくれるだけで坂倉なら階段落下に対応できるはずだ。

そんなことを考えながら、車を走らせているとふと気になるものが目に留《と》まった。

「さっそくだが、最初の行き先が決まった」

歩は、車を道路脇の駐車スペースに停めた。

駐車スペースの目の前にある建物を見て、坂倉が目を細めた。

「画廊か？」

ビルなどが並ぶ間に、こぢんまりとした建物があった。画廊と看板に書いてあるのが見えなければ、気がつかなかっただろう。

「ここなら、草場先生の話を聞けるかもしれない」

「ここも調べてあったのか」

坂倉が、胡乱《うろん》な目で歩を見る。

「まさか。ただの偶然だ。そもそも詳しい事件の内容も知らなかったのに、事前に調べられるわけがないだろうが」

「それもそうか。どうも貝瀬は何もかも見通しているように思えてな」

「俺は超能力者じゃない」

うちの事務所のアルバイトは予知を視るけどな。口には出さずに歩は思う。

車を下りて、画廊の入口に向かった。

画廊の入口には、「すめらぎ画廊」と書かれた看板があった。

幸いなことに画廊は開いていた。今は秩父出身の画家の作品を展示していると、立て看板タイプのブラックボードに書かれていた。

歩と坂倉は、画廊のドアを開く。中に入ると、すぐに受付があり女性が座っていた。他にはお客さんはいないようだ。会釈《えしゃく》をして近づくと、

「すみません。こちらのオーナーのすめらぎさんはいらっしゃいますか」

歩はさも知り合いかのように尋ねる。

オーナーの名前は、画廊の名称からの推測だ。

推測が外れていれば門前払いだが、そもそもアポもなしにオーナーを呼び出すのは礼儀知らずだ。断られればしかたがないし、元々期待しているわけではなかった。運が良ければ情報が聞けるかもしれない程度だ。

「皇《すめらぎ》オーナーですか？　奥におります。お呼びしましょうか？」

受付の女性が、気を利《き》かせてくれる。

「お願いできますか」

歩が頼むと、女性が画廊の奥に向かった。

「オーナー、お客さんです」

「ああ。今行く」

低い男性の声が返ってくる。

今のがオーナーの「すめらぎ」さんらしい。すぐにグレーのスーツ姿の50代ぐらいの男性が現れた。品があって温和そうな雰囲気だ。

「オーナーの皇です。どちらさまでしょうか。面識はないと思いますが」

皇が怪訝そうな顔で聞いてくる。それはそうだ。初対面なのだから。

「突然すみません。実は画家の草場源治先生と仕事をしている貝瀬と言います。こちらは坂倉です。よろしければ、草場先生の評判などをお聞きできないかと思いまして」

「なるほど。ご同業ですかね」

皇はピンと来たように笑みを浮かべる。

「まあええ」

歩は曖昧《あいまい》に応じる。嘘は言っていない。画家と仕事をしていると聞いて、相手が歩たちをどういう存在と思うかは自由だ。

皇は歩たちを画商か、または自分と同じ画廊のオーナーだと思ったのかもしれない。親しげな表情で話を始めた。

「草場先生は最近はスランプというか、新作はなかなか発表されていませんね。最後に発表されたのは5年前でしょうか。ただ、秩父にアトリエを構えてからも、ご存知の通りいくつかの代表作となる絵画を発表されています。あれだけの風景画を描かれる、しかも秩父を描いていただけるのは、秩父で生まれた身としては嬉しいですね」

「お身体《からだ》の調子が悪いわけではないんですよね」

「そういった様子はありません。2カ月ほど前にお話ししましたが、お元気でしたよ」

その辺りは、歩が抱いた印象と同じだ。

ただ、新作絵画については聞いていないようだ。

「お弟子さんを取られましたが、そちらの育成に力を注いでいるということなんでしょうか」

「かもしれませんね。2カ月前に草場先生とお話ししたのが、その弟子の小岩君の絵画が展示されている絵画展だったんです」

「絵画展というと、コンテストかなにかがあったのですか」

弟子の小岩が単独で絵画展を開けるとは考えにくいから、コンテストだろうと当たりをつける。

「そうです。その時に草場先生から弟子が入賞したというお話を聞いたんです。ただ、申し訳ないことをしたと思っているんです」

「申し訳ない、というと？」

「実は弟子の小岩さんの作品はギリギリ入賞した作品だったので注目しておらず、草場先生とお話しした時は絵画を拝見していなかったんです。だから、感想をお伝え出来なくて」

皇は小さく首を横に振って、後悔した顔つきをしていた。

そこまで悔《く》やんでいるのなら、あとからでも感想を伝えればいいと思うが、弟子の作品の感想だけを後から個別で伝えるのは気まずいのもわからなくもない。

「どういった感想を持ったか、お聞きしてもよろしいですか？」

「もちろん。ああいう場では、より大きな評価を受けた賞を取った絵画が良く見えるものです。審査員も著名な画家でしたから、見に来た側も批判しようとは思わない。ですが、私には小岩君の絵画が大賞作品に劣《おと》るとは思えなかったんですよ。あくまで私個人の意見ですがね」

「小岩さんも素晴らしい才能がある、ということですか」

弟子の小岩の作品は見ていない。あのアトリエのどこかにあったのかもしれない。

「ええ。だから草場先生がよく教えていらっしゃるのかと思いました。どことなく草場先生の作品にも画風が似ていますしね」

「そうですか。色々と教えていただいてありがとうございます」

歩は丁寧に礼を言い、坂倉も頭を下げる。坂倉は完全に歩にまかせて、付き人役をやっていた。

何も言わなくても、口裏を合わせていないことでボロを出すのを避けてくれるのは有難い。

「いえいえ。草場先生とのお仕事、上手《うま》くいくことを願っています」

歩たちは再度お礼を言って、画廊を出た。

車に乗ると、坂倉が呆れ顔で歩を見ていた。

「いつもあんなことをしているのか？」

「そうでもしないと、情報は手に入らないからな。こっちには国家権力がないんだ」

刑事なら警察手帳を見せれば、大抵の人物は情報提供に応じてくれる。しかし探偵は名乗ったところで情報提供してくれるわけでもないし、相手にその義理もない。

だから口が上手くないと、探偵は情報を手早く手に入れるのは難しい。

「しかし、興味深い話ではあったな。最近、草場先生は新作を発表していないのか」

坂倉が腕を組む。

「それに小岩さんが才能溢《あふ》れる若手画家ということもな」

「そっちも関係あるのか」

「あるかもしれないしないかもしれない。情報を切り捨てるべきじゃないだろう」

「それはそうだが」

「次は秩父神社にでも行こうか」

歩は話を変える。

「秩父神社。またどうしてだ？」

「石段があるからな」

歩が答えると、坂倉は「本気か？」と問いたそうな顔を向けてきた。

## 4

歩と坂倉は、秩父神社の大鳥居《おおとりい》を抜け参道を歩いていた。

平日ということもあって参拝客はそんなに多くないものの、年配の人などの姿はあった。

「本当に参拝に来ただけなのか」

階段を登り神門を通りながら、坂倉が疑問を顔に浮かべている。

「神社に来て参拝しないほうが罰《ばち》当たりだろう」

「そういう話じゃない。そもそも神社にくる意味があるのかという話だ」

「あるかもしれない。なければいいと思っているけどな」

「どういう意味だ？」

「そのうちわかる」

歩と坂倉は参拝をすませて、寄り道せずに今来た参道を戻る。

坂倉も怪訝そうな顔をしているものの、文句も言わずについてきた。

行きと逆で、神門をくぐると下りの石段がある。

——と。不意に隣を歩く坂倉の体が前へ傾く。

体が宙に浮くように、前のめりになるのがスローモーションのように歩には見えた。

「くっ」

完全に体勢が崩れた坂倉が石段に前のめりに倒れこみ、そのまま階段を転《ころ》げ落ちる。

どこかで小さな悲鳴が上がった。

歩が振り返ると、フードを被《かぶ》った男が走って逃げていく。

かすかに見えた顔に「やはり」と思いつつ、歩は石段の下でもう起き上がろうとしている、坂倉のもとに駆け寄った。

「無事か？」

「まさか本当に落ちるとはな。探偵から予言者にでもなったのか」

坂倉は受け身をとっていて、立ち上がるとスーツの汚れを払った。

この分だと軽い打ち身とすり傷程度か。

「丈夫だな」

「このぐらい、普段の柔道の練習の方がもっとひどい怪我をしている」

坂倉がなんでもないように答える。

「すみません。大丈夫です」

歩は周りで心配そうにこちらを見ていた人たちに、声をかける。

救急車を呼ばれると、ややこしいことになる。

坂倉には、階段から落ちる可能性があるから気をつけておけ、と事前に注意しておいたことで、心構えも出来ていたはずだ。

坂倉なら、それだけでいつもより警戒した動きができる。伊達に柔道の有段者で、危険な場にも立ち入る刑事を何年もやっているわけじゃない。

それに秩父神社の石段は9段しかない。ちゃんと受け身が取れれば大怪我はしないことは、歩にはわかっていた。予知で落ちることがわかっている以上は避けられない。それなら石段が低い神社なら、危険が少なくすむ。秩父神社に来たのはそのためだ。

柚葉には予知でもっと詳しい情報が見えていたはずだから、細かく聞けば秩父神社とわかった可能性が高いがあえて聞かなかった。

神社が数多い秩父で、予知で視た風景がどこかを当てるのは困難だ。特定に時間をかけても、坂倉が階段から落ちるのは変わらないのだから得られるものも少ない。

「俺を押した犯人は？」

坂倉は階段を見上げて、歩に尋ねる。

「逃げて行った」

「追わなかったのか？」

「坂倉が心配でな」

「嘘を言うな。どういう事件なんだ、これは」

わかっているんだろう？　という視線を坂倉が歩に向ける。

「それを刑事のお前が探偵に聞くのか」

「俺がお前に聞くんだよ」

歩はその屁理屈《へりくつ》に思わず肩をすくめた。

「そろそろ連絡があるはずだ」

「だれからだ？」

坂倉が聞き返してくるのと、着信音が鳴るのが同時だった。

坂倉が眉間に皺を寄せながら歩を見てから、スマホを取り出し電話に出た。

「はい。草場先生……え、絵画が戻ってきた？　はい……すぐに伺います」

坂倉が電話を切る。

「まさか、貝瀬にはこれもわかっていたのか」

「言っておくがタイミングは偶然だ。俺も驚いた」

「じゃあ草場先生から電話が来るのは、わかっていたんだな」

「そうしないと、辻褄《つじつま》が合わないからな」

「その辻褄がわかっているのは、貝瀬だけだ。このまま、アトリエに向かっていいのか？」

「そうしてくれ」

歩は頷いた。

車に乗りこんで、坂倉の運転でアトリエに向かう。

さっき石段から落ちたばかりだし、歩が運転を買って出たが坂倉に断られた。この程度は怪我のうちに入らないし、それよりも事件解決の方に力を注いでくれ、だそうだ。

『犯人も罪悪感があったのかもしれん。とにかく大事にせずに戻ってきてよかった』

電話で草場は、そう言っていたそうだ。

「貝瀬がいなければ、俺も素直に喜んでいたんだがな」

坂倉が溜息《ためいき》をつく。

「まるで俺が厄病神《やくびょうがみ》かのように言うのは、やめてもらえるか。傷つくだろう」

「そんなタマか」

話しているうちに、車は草場のアトリエについた。

玄関を訪ねると、草場と小岩が揃って迎えに出てきた。

「わざわざ来てもらったのに申し訳ない。この通り、絵画は戻ってきた」

草場が、アトリエのイーゼルに飾られた絵画を示す。

写真で見せてもらった通りの、森の中に一人の女性が立っている幻想的な風景の絵画だ。歩に審美眼はないが写真と同じもののように思える。

なにより草場本人が言っているのだから、間違いないのだろう。

「どうやって戻ってきたんですか」

歩は確認する。

「昼にわしも小岩も、別々に出かけていてな。出かけた先から戻ってきたら、ここにあったんだ。売る手立てもなく、返しに来たのかもしれないな」

「わざわざですか。戻すなんていう危険なことをせずに、廃棄すればいいように思いますが」

「それでは警察に届けられてしまう、と考えたのだろう」

「しかし、警察に届けなかったのは草場先生の判断であって、普通なら届けていたと思うのですが」

坂倉が口を挟んだ。

「それは……」

草場が言葉に詰まった。

「一つ私に推理があるんです」

「推理だと？」

草場が目を細めて、歩を見た。

「もしかして、犯人は小岩さんじゃないですか」

「なにを言う！　そんなわけがないだろう」

草場がすぐに否定する。

「小岩さんが何らかの理由で絵画を盗んだ。草場先生はそれがわかっていたから、名乗り出てもらうために坂倉を呼んだんです。刑事が来たとなれば、小岩さんも驚いて絵画を返してくるだろう。そうすれば、大事にせずに済みます」

ここに来た最初に、歩が推理したことだ。坂倉が訝《いぶか》しげな視線を歩に向けた。

草場は歩を睨《にら》むように見ていたが、ふっと力を抜いたように肩を落とした。

「……お見通しか」

「それは小岩さんが犯人と認めるということですか？」

歩は尋ねる。

「すまん。坂倉さんを利用させてもらった。だがこうやって小岩も反省しているので、許してほしい」

草場が謝るのと同時に、小岩も深々と頭を下げた。小岩さんが黙ったままなのは、師匠に怒られて憔悴《しょうすい》しているからか。

だとすれば、これで事件は解決。最初に歩が推理した通りだったということになったわけだ。

「……という筋書きですね」

歩はにっこりと微笑《ほほえ》んだ。

「なに？」

草場の左の眉がぴくりと跳《は》ねた。

「小岩さんは犯人ではありません」

「なにを言っている。小岩が犯人だと言ったのはお前だろう」

草場の言葉づかいが荒くなった。

「そう推理するように、草場先生が仕向けたからです。外部犯の可能性にわざと穴を作り、小岩さんが犯人である内輪の問題という風に、落ち着くようにしたんです」

「意味が分からない。そんなことをする意味がどこにある」

草場が「ありえない」と言って首を横に大きく振った。

「そうだぞ、貝瀬。そんな偽装をしてまで、私たちを呼ぶ意味がわからない。それとも説明できるのか」

坂倉がうまく話を合わせてきた。歩が説明をする流れができた。

「推理はある。この草場先生の未発表の絵画ですが、本当に草場先生が描いたものですか？」

歩は草場のほうを見た。草場の顔が興奮からか、赤く染まっていた。

「なにを言い出すんだ。決まっているだろう！」

草場が怒鳴《どな》る。

「私たちは、盗まれた絵画をこの場で初めて見ました。それ以前となると、恐らくは草場さんと小岩さんしか見ていない。存在も知られていないはずです。しかし、刑事である坂倉が非公式とはいえ盗難事件として調べました。つまり、草場源治の新作絵画の存在を、証明する者になったんです」

「なにも間違っておらんだろう」

「その絵画が、本当に草場先生の描いた新作絵画であるのなら。……どうですか、小岩さん」

小岩はびくりと肩を震わせた。

「私は本当はこういうことが、起きたのではないかと思っています。この絵画を本当に描いたのは小岩さんなんじゃないですか。そして、それを草場先生は自分の新作絵画だとして発表しようとしている」

「弟子の作品を盗んだってことか」

坂倉が嫌悪感を示すように、眉根を寄せた。

「そんなわけがなかろう！　わしを侮辱する気か！」

「まだ推理の途中です。間違っていたなら、後からいくらでも謝罪します」

「草場さん、この場は私に免じて話を聞いて下さい」

坂倉に言われ、草場は渋々黙る。

「私の推理が正しいとしたら、不思議なことがあります。私たちを呼ぶなんていうことをしなくていいんです。黙って小岩さんの作品を、草場先生は自分の新作だと言って発表すればいい」

「さっき言った草場先生の新作絵画だと証明する、という話か。確かにそんなものの必要ないな。本人が発表すれば皆信じるだろう」

坂倉が頷いた。

「そうなんだ。しかし草場先生には必要だった。小岩さんが嫌々描かされている被害者で、新作発表の妨害をするために盗み出したりもしていた、という証人になってもらうために」

「どういうことだ?」

坂倉が腑《ふ》に落ちないという風に、首を傾《かし》げた。草場は黙って、厳しい顔つきで歩を睨んだままだ。

「草場先生の本当の計画はこうだ。弟子の作品を盗んで自作として発表し、その後に草場先生が匿名で告発して、小岩さんの作品を盗んだことを明らかにすること」

「なにを言ってる? 目的がわからない。草場先生が自分の名声を貶《おとし》めて、なんの意味があるんだ」

「草場源治の久しぶりの新作絵画だ。ギャラリーや美術館に飾られることもあるだろうし、大勢の目に留まることになる。そして、その後にこの絵画は弟子の小岩さんの作品だと告発され、正式に認められる。となると、それまでの草場さんの新作絵画への評価は小岩さんの評価になる」

「確かに……そう簡単ではないにしても、絵画の評価としてはそうなるだろうな」

坂倉が戸惑《とまど》った顔をしていた。

「まして、小岩さんは被害者だ。同情も集まるだろう。美術の業界だけでなく、新聞、テレビのワイドショー、ネットニュースなどでも話題にのぼるはずだ」

「やはり意味が分からない。なんのためにそんなことをする」

坂倉が質問を繰り返した。歩は坂倉ではなく、草場の方を見て答えた。

「小岩さんのためでしょう。……ですよね、草場先生」

「………………」

草場は黙って、歩を睨みつける。だがその表情はさっきまでと違い、歩には感情の揺れが感じられた。

「ですが、小岩さんは納得がいっていなかったようです。だから、坂倉が石段から突き落とされた」

「なんだと？」

石段から落ちたという話を、草場は初めて聞いたらしく目を見張って驚く。

「今話した計画を、小岩さんは良しとしなかった。だからより詳しく調べてもらえるように、事件性を加えた。捜査している刑事が石段から転落する、なんていうのは怪しみたくなりますからね」

「それで俺は、石段から突き落とされたのか」

自分が突き落とされた理由を聞いて、坂倉は複雑な表情になる。

「そうすることで、なんなら本格的に警察がやってきて全てを暴《あば》いて欲しかったんだ。師が後ろ指を指されるようなことになる前に」

草場の計画通りに行けば、草場は弟子の作品を盗み取り、自分の作品としたことになる。画家の名声としては致命的だろう。

「どうしてそこまでして、小岩さんの作品を自分の作品として発表しようなんてしたんですか。小岩さんの作品が素晴らしいのなら、小岩さんの作品として発表すればいいでしょう」

坂倉は、草場を正面から見据える。

草場は坂倉からの真っすぐな目に、あきらめたようにため息をついた。

「必要なことじゃからな。弟子入りして間もなく、アトリエで描く小岩の絵画を見て驚いた。まだ粗削《あらけず》りではあるが、美術界でなんとか生き残れたわしより才能は数段上だ。もっと大きな舞台で日の目を見るべき才能だと思った。そう考えたとき、絶望的な気分にもなった。こんな終わりかけの老画家の弟子が、注目を浴びる機会など訪れるだろうか。知っておるか。夏にあった絵画展では、小岩の描いた絵画が最も輝きを放っていた。しかし、皆見るのは日本でも上から指折り数えるような著名な画家の弟子や、コネのある画商が後ろについた画家の絵画だ」

「そういった話を、別のところでも聞きました。小岩さんの絵画は大賞と比較しても遜色《そんしょく》なかったと」

「だが、絵画展の後に小岩に声をかける人間はいなかった。絵画は才能と実力の世界ではある。しかし、チャンスは平等には訪れない。才能があるからといって、必ず評価されるかといえばそうではない。多くの人に注目して見られる機会がなければ、その才能は世界に見られぬままに終わる」

「だから今回のような方法を考えた。草場作品として評価された後に、それを描いたのが小岩さんの作品だとなれば、小岩さんが評価される。草場作品として評価した美術界も、小岩さんに対しては一種の加害者で負い目ができる。評価される流れを作りやすいんですね」

突拍子もないようでいてよく考えられている、と歩は思った。粗はあるものの計画としては、うまくいく可能性はあった。

「その通り。それが才能だけでは足りない、この世界のルールじゃ」

生前に評価されなかった画家が、後に評価された例なら枚挙にいとまがない。その時代と現代を同じにするべきではないにしても、現代だからこそ生きているうちに評価されなければ、本当に掘り起こされることもなく埋《う》もれてしまうのかもしれない。

「ですが、小岩さんはそれを望んでいなかったようですよ」

「そうだ。なぜ事件など起こした。わざわざバレるような真似を……！」

草場が小岩を振り返った。

「当然じゃないですか。自分が世界で一番尊敬する画家を貶めて、成功など欲しくありません」

それまで黙っていた小岩が、草場を強い瞳《ひとみ》で見つめ返してはっきりと言った。恐らくは今まで抑えていた気持ちだったのだろう。小岩は色が変わるぐらいに唇を噛みしめて、握った両手の拳《こぶし》が震えていた。

草場はそんな小岩を見て、頭を押さえて肩を落とした。

「せっかくの機会を……馬鹿者が。大口を叩くなら、チャンスを作る必要がないぐらいの絵を描きあげて見せろ」

「はい！」

小岩が力強く頷いた。

どうやら話はまとまったらしい。歩は口を出したものの、小岩の気持ちが伴《ともな》っていないのであれば計画はどこかで破綻《はたん》していたはずだ。

「私たちはもう行きます。用は済んだと思いますので」

坂倉がタイミングを見て切り出す。

「いいのか？　小岩に突き落とされたのだろう。立派な傷害事件だ」

草場は、小岩を気にしながら聞いてくる。

「あれは、勝手に私が石段から落ちただけです。なあ貝瀬」

「俺は何も見てないな」

歩は肩をすくめる。

「感謝する」

「ありがとうございます」

草場と小岩が深く頭を下げた。

そのまま歩と坂倉はアトリエを出た。ここからは、草場と小岩の間でのことだ。部外者は早々に立ち去ったほうが話し合いも進むだろう。歩も坂倉もそう考えた。

「よかったのか？　絵画の狂言盗難にあたりそうだが」

車に向かって歩きながら、歩は坂倉に尋ねた。

「被害届は出ていないから、狂言犯罪としても成立しない。知人に狂言をしくんだだけで罪に問う法律はないからな。それよりも、また同じことをしないかのほうが気になるが」

「もう同じ計画はしないだろう。草場先生も小岩さんの意思を尊重するだろうしな」

「2人はこれからどうなると思う？」

「絵画については門外漢だが、精神論で上手くいくならあんな方法を最初から選ばなかったことはわかる。草場先生が言っていた通り、どこにあっても目に留まるような圧倒的なものを描くしかないだろうな」

「つまり厳しいってことか」

「かもな。少なくとも草場先生は、小岩さんの才能をそう見立てた。ただ小岩さんは自分で選んだんだ。後悔しても成功しても、自分のものだと思える。それはよかったんじゃないか」

「厳しいのか優しいのかわからんな」

「俺が優しいわけないだろ。人の秘密を暴くのが仕事の探偵なんだ。今回だって計画を暴かれた草場先生には恨まれているだろうさ」

探偵という仕事は、人に頼られるが嫌われもする。探偵に自分が探られていると知って、いい気分になる人間なんていないと歩は思っている。

「それなら俺も変わらん」

「あ～あ。真面目に話していたら、腹が減ったな」

歩は強引に話を変える。

「だったらもう一度、秩父名物を食べて行かないか。昨日のわらじかつがうまかったからな」

坂倉も話に乗ってくる。

「いいな。秩父はわらじかつだけじゃない。豚みそにみそポテトと、まだ食べてないものもある。ホテルにいい店を聞いておいた。帰る前に寄って行こうぜ。桐野にもお土産を買っていかないとな」

「なんだ。やっぱり優しいじゃないか」

坂倉が笑う。

「優しいわけじゃない。バイトとの円滑なコミュニケーションのためだ。お土産がなくてすねられたら、困るからな。……つまりこういうことだ」

歩が車に乗り込む前に、坂倉を見る。

「なにがだ」

「俺が責任を持てるのは2人の画家の将来じゃなくて、自分の腹の虫と助手のお土産ぐらいってことだよ」

身の丈に合わないものは、抱《かか》えるべきじゃない。

特に探偵は、人生のターニングポイントに関わることが多い。それを自分の責任だと考えていたら潰れるだけだ。

坂倉は苦笑すると、

「ちがいない」

と頷いてから車に乗り込んだ。

# 第3話

# 叔父の遺したもの

## 1

「今日の依頼人はどういう方なんですか」

柚葉《ゆずは》がファイルケースの整理をしながら、質問する。

土曜日の午後1時過ぎ。

柚葉は学校が午前中で終わり、お昼過ぎからバイトに来ていた。

そして、今日は久しぶりに依頼人の予約が入っていた。最近は訳ありばかりが続いたから、こんな風に正式な依頼が来るのは久しぶりだ。

「先代所長に縁がある人物だ」

歩は先代の頃の古いファイルを開きながら、柚葉に答える。

電話で連絡があった依頼人の名前は、矢橋孝弘《やはしたかひろ》。先代の所長で歩《あゆむ》の叔父《おじ》の貝瀬《かいせ》泰三《たいぞう》が生前懇意にしていた、矢橋正一《しょういち》の息子だ。

矢橋正一は、関東で幅広く仕事をする建築会社の社長をしていた。正一が亡くなってからは、会社は孝弘が継いでいる。

正一は泰三より20歳は年上だった。しかし、泰三がよく正一の相談に乗ってい
たことは歩も知っていた。歩は正一とはほとんど会ったことがない。数回挨拶《あいさつ》を
した程度だ。

今思い返してみると、叔父の個人的な友人だったから会わなかったのだろう。

事務所に来ることもほとんどなかった。

そんなことを考えていると、インターホンが鳴った。柚葉が向かいかけたのを
手で制して、歩が玄関に向かいドアを開ける。

立っていたのは、スーツ姿の50代の恰幅《かっぷく》のいい男性だ。

「矢橋さんですか」

「そうだ。電話した矢橋孝弘だ」

「お待ちしていました。中へどうぞ」

歩は仕事用の笑みを浮かべて、孝弘を中へ案内してソファに座ってもらう。歩
も向かいのソファに座った。

「さっそくだが、依頼の話をしてもいいか」

どっかりとソファに腰を掛けると、孝弘が前置きもなしに話し出す。

孝弘はせっかちな性格なのだろうか。歩としては依頼人が用件から話したいというなら、世間話を挟《はさ》む意味もない。

「伺います」

「実は最近になって、こういうものが見つかったんだ」

孝弘は一枚の便箋《びんせん》を取り出して、テーブルに置いた。

「失礼します」

歩は断りを入れて、便箋を手に取った。

『本棚に秘密を隠した。見つけ出した者の自由にしてもらいたい　矢橋正一』

と便箋には書かれていた。

「正一さんというのは、矢橋さんのお父様のお名前ですね」

「ああ。1年前に亡くなった父だ。こちらの先代の所長に世話になっていたそうだ」

やはり孝弘も正一と叔父の関係は、把握していたらしい。そうでもなければ、こんな閑古鳥《かんこどり》の鳴く探偵事務所に、大手といっていい建築会社の社長が依頼にくるわけがない。

「懇意《こんい》にしてくださっていたようです。それで、こちらの手紙がご依頼の内容でをする。


「手紙に従って思い当たるところを探してみたが、なにも見つけられなかった。そこでこの手紙にある『秘密』を見つけてもらいたい」

歩は面白そうな依頼だと興味を惹《ひ》かれたが、それは顔には出さずに考える振りをする。

探偵事務所への依頼としては珍しい、ミステリーのような話だ。

会話の間に、柚葉がコップに注いだ麦茶を孝弘と歩の前のテーブルに置いた。柚葉はそのまま歩と孝弘の間のソファに座った。

「この『秘密』というのが、なにかわかりますか」

「わからないな。ただ現実的な問題として、金銭的な価値があるものであれば遺産の問題が発生する。私は一人息子だが、新たに父の遺産が見つかったとなれば法的な手続きも必要になる」

本棚に隠したものが金庫の鍵などであった場合、金庫の中に金銭的に価値がある物が入っている可能性はある。孝弘の懸念《けねん》は当然のものだ。

「どうだ？　依頼を受けてもらえるか」

「そうですね……」

歩は考える。叔父が関係した依頼だ。元より受けるつもりでいた。それに依頼の内容も興味深い。断る理由もない。そう考えて答えようとした時。

「……っっ！」

不意に柚葉が、頭を押さえて苦しげに俯《うつむ》く。

この様子は……予知か！

「桐野《とうの》」

歩は呼びかけるが柚葉は反応しない。今、予知を視《み》ている最中なのかもしれない。

「彼女は大丈夫か？」

孝弘が、柚葉を気にしたように見ている。今までの横柄《おうへい》な態度とは裏腹な言葉に、歩は驚いた。

「少し貧血を起こしただけのようです。本人も対処法がわかっているので、ご心配には及びません」

「そうか。それならいいんだが……」

孝弘はまだ、柚葉のほうを気にしていた。

なんだ？　と歩は顔に出さないようにしながらも、疑問に思った。

心配するのはわかるが、それにしては確認だけしてきて具体的に動こうとはしない。今も言葉では心配しても、ソファの背もたれからはまったく動かなかった。この場には歩しかおらず、人目を気にしたわけでもない。意図が見えない孝弘のちぐはぐな行動に、引っかかりを覚えた。

「あ……貝瀬さん」

柚葉の声に、歩は思考を切り上げる。

目の焦点が合っていて、歩を見ていた。どうやら予知は終わったようだ。

「立てるか？」

「は、はい」

肩を支えて立ち上がらせると、キッチンで休んでもらうことにする。歩と孝弘の視線があるソファに座ったままでは、さすがに気を休められないだろう。柚葉用にキッチンに小さめのイスを置くようにしたから、前よりは過ごしやすいはずだ。

柚葉がキッチンに行ったことを確認して、歩は孝弘に向き直った。

「失礼しました。ご依頼についてですが、お引き受けいたします」

元から引き受けるつもりだった依頼に予知が重なったとなれば、受けない理由

「助かる。この手紙が見つかったのは飯能《はんのう》市にある父が住んでいた家だ。今は私が継いでいる。山奥だから別荘の扱いだがね」

孝弘が手帳を取り出して、ペンでなにかを書きこむと荒っぽく破って、破った紙をテーブルに置いた。飯能市の住所が書かれていた。

「車は持っているか？」

「あります」

「車がないと、とても来られない場所だからな」

「そんなに山奥なんですか」

同じ県内だが、住所だけではさすがに場所まで想像がつかない。

「自然が多くいいところではある。ただ利便性はないな」

近辺にお店などがないということか。そのつもりで準備したほうがよさそうだ。

「では、明日の午前10時頃に伺う予定でいかがですか」

「今日はその家に帰るから、それより早くてもかまわない。父の便箋の件をくれぐれもよろしく頼む」

「調査させていただきます」

孝弘は契約の必要事項を書くと、事務所を出て行った。

玄関まで孝弘を見送ってから戻ると、キッチンから柚葉が戻ってきていた。まだ青い顔をしている。

「どうした？　まだ調子が悪いか」

「貝瀬さん。どうしましょう」

柚葉が、泣きそうな顔で歩を見ると言った。

「私たち死んじゃいます」

## 2

「落ち着け。どういう予知を視たんだ？」

歩は柚葉に確認する。

「私たち2人が車に乗っているんです。外はよく確認できなかったんですけど、貝瀬さんが運転して結構な急な坂を下っているみたいでした。そうしたら車がガタガタと揺れ出して、目の前のガードレールに突進していったんです」

「事故か。それで俺たちの状態や車はどうなった？」

「わかりません。ガードレールにぶつかる前で予知が終わってしまったので。ただ、ガードレールの先は崖《がけ》になっているらしくて、地面が見えませんでした」

「落ちていたとしたら、車ごと崖下に落下で命がないか……」

「そうなんです！　どうしましょう、貝瀬さん」

柚葉は目を潤《うる》ませていた。

歩にとってはあくまでも聞いた話でしかないが、柚葉からしたら予知は疑似体験だ。人に起こることならともかく、自分に対して起こることだと臨場感が強くなるのかもしれない。とはいえ、柚葉が誘拐された時に視た予知では自分のことなのに第三者視点だったこともあるから、一概に自分のことだから臨場感があるわけではないのだろう。

そのあたりの仕組みは、色々と謎が多い。ただ、今回は車の中で2人しかいないから、歩の視点でなければ柚葉自身の視点で予知を視たはずだ。

逆にそこで歩でも柚葉自身でもない視点で予知を視たのなら、条件の絞り込みから予測も立てやすくはあったのだが。

「もしかしたら……」

歩はスマホでマップ検索をかける。スマホを操作して目的のマップを出して顔をしかめた。思った通りだ。

「何かわかったんですか？」

「明日行く飯能市の孝弘さんの別荘だが、かなりの山道を行くことになる」

「じゃあ、そこで事故が？」

「かもしれないな。タイミング的にも可能性は高い。だが明日とは限らない。そのあと数度行くことになった場合、どれかの日に事故に遭うということかもしれない」

「なら、今回の依頼を断れば……」

「ここまで柚葉の予知が外れたことがない。別の形で再現されるのか、どうあっても依頼を断れないのか。なにかしらの帳尻《ちょうじり》が合うと思ったほうがいい」

「そうですよね……そんなに簡単に予知が外れてくれるなら、よかったんですけど……」

予知の的中率は、誰より柚葉が感じていることのはずだ。だからこそ、貝瀬探偵事務所にやってきて今があるのだから。

「とりあえず、対策を講じよう」

「あるんですか、対策が？」

「なかったら、死ぬかもしれない。それは俺としても困るからな。死なないように頑張るしかない」

「貝瀬さんは冷静というか、自分の事なのに冷めてますよね。私は怖くて動揺しちゃって……」

「桐野の予知を信用しているが、あくまで伝聞でしかない。予知を体験している桐野とは、実感が違うのは仕方がない。情報と疑似体験の差は大きくて当然だよ」

今は予知の検証をしている場合でもない。対策を講じられる時間は限られている。

「買うものがあるから、出かけてくる」

「私も行きます」

「……まあいいか。事務所を閉めても問題ないしな」

人員的な問題で、複数の依頼を同時に受けることができない。依頼を引き受けている以上、他の依頼がきても断ることになる。そのために事務所を開けておく意味はないだろう。

事務所を出て車でショッピングモールに向かう。一応、坂道がないルートを選んで走った。崖があるような場所ということだから、まず市街地を走っている分には問題ないはずだが、念のためだ。

ショッピングモールを歩と柚葉は並んで歩く。目的はカー用品店だ。向かっていると、反対方向から歩いてきた女子高生ぐらいの女の子の2人組が、「あれ？」という顔をしていた。

「柚葉？」

そのまま歩たちの方にやってくると、女子高生たちが声をかけてきた。

「え、亜紀《あき》に麻帆《まほ》。どうしてここにいるの？」

柚葉が驚いた顔で、女子高生たちを見ている。

「同級生か？」

「はい、同じクラスです」

歩の問いに、柚葉が頷《うなず》いた。

「え〜と、そちらの方は彼氏……には見えないよね。親戚の人？」

髪の長いほうの女子高生が、歩を見て言う。

「バイト先の上司だよ！」

柚葉がすぐさま訂正する。うまい言い回しだ。いきなり探偵事務所の所長と言われても相手は反応に困るだろうし、あまり外で口に出すものでもない。

「貝瀬です。桐野さんはよく働いてくれています」

歩は一応上司らしく、挨拶をしておく。

「江里口《えりぐち》亜紀です。いつも柚葉がお世話になってます！」

亜紀と名乗った髪の長い女子高生が、明るく名乗る。

「竹岡《たけおか》麻帆です」

ショートボブの女子高生は、落ち着いたトーンだ。

「そのバイト先の上司さんとここにいるのは、なんで？　バイト中？」

亜紀が首を傾《かし》げる。

「そう。買い出しにきたところ。だから、話をしてるわけにもいかなくて」

「ごめん！　気がつかなかった。バイト邪魔しちゃってた。また月曜日ね」

亜紀が慌《あわ》てたように言って、ぶんぶんと手を振って麻帆と一緒に人混みに消えていった。

「賑《にぎ》やかだな」

「そうなんです。亜紀は明るくて、麻帆は落ち着いてて、すごく頼りになるんです」

「予知の事は話してないのか？」

「話せません。だって、話したって困らせちゃうだけだし。正直、どう思われるか怖くて」

柚葉が首を横に振った。

「そうだな。だが、いつか桐野が大丈夫だと思ったら、話してみてもいいとは思う。一人だけで抱《かか》えるには桐野の予知は重たい」

友人という存在は、その重たさを代わってはもらえなくても少しは軽くしてくれるだろう。歩では予知で起こる出来事に対応することはできても、柚葉の心に寄り添えるわけではない。

「そうなのかもしれませんね……。今だって貝瀬さんに支えてもらって迷惑かけてばかりだし」

「迷惑ということはない。予知という新しい情報を楽しませてもらっているしな」

「貝瀬さん、楽しんでたんですか!?」

柚葉が目を丸くしている。

「冗談だ」

本音も少しあることは、黙っておいたほうがよさそうだ。

「……人が悪いですよ」

柚葉が頰をふくらませた。

カー用品店で買い物を済ませて、その場で解散した。あとは戻って、歩は対策を講じるための作業をするだけだ。

翌日の日曜日。歩と柚葉は車に乗って、埼玉県の飯能市の正一が遺《のこ》したという家に向かっていた。

「本当に大丈夫でしょうか」

柚葉は車に乗ってから、ずっと不安げな顔をしている。

「一応、対策はしてきた。それに予知のアドバンテージは、これから起きることを先に知っているということだ」

「そうですよね……」

「それにしてもすごい山道だな」

車は、かなりの急坂を登っていた。これだけの坂だと、下りは一層気をつける必要がある。

下りでブレーキが利かなくなるフェード現象やペーパーロック現象が起きるのは、教習所でも習う初歩的なことだ。それでも全国で下り坂での事故が起きている。柚葉が視た予知もそういった原因なら、単なる事故なのかもしれない。

「ここ落ちたら助からないですよね」

柚葉は車の窓から、ガードレールのほうを見つめていた。

ガードレールの向こう側は、すぐに崖下になっている。落ちれば数十メートルの落下は避《さ》けられないはずだ。

「落ちなければ助かる。落ちる予知を視たわけじゃないからな」

「それはそうですけど……。貝瀬さんの考え方ってすごいですよね。どう考えても悪い予知から、良い部分を見つけ出しますし」

「悪い部分だけ見ても、意味がないからな。桐野の予知に何回も付き合ってきてわかったのは、何が起きるかより何が起きないかに注目したほうがいいってことだ」

予知と言われると、どうしても起きることに注目しがちだ。しかし、柚葉の予知を情報として捉《とら》えるのなら、起きることは避けられない事実と考えたほうがいい。

そうなると、予知で起きると確定していない事のほうが重要な情報になることが多い。

「予知をたくさん視てきたのに、そんなふうに思ったことなかったです。でも、そう考えるとどうしようもない予知を視たわけじゃないんですね」

「そもそも予知を視てる時点で、アドバンテージがあるんだ。そうじゃなきゃ桐野が苦しんでまで予知を視る意味がない」

「そんな考え方をしてくれる貝瀬さんがいれば、大丈夫に思えます」

柚葉は、少し緊張が解《と》けた表情になる。

ひとまずは大丈夫そうか。柚葉の様子を見て歩は心の中で息をついた。

　さすがに自分が死ぬかもしれない予知に、動揺しないほうが無理だろう。ついこの間、自分が刺されて死ぬ予知を視たばかりで、また自分が死ぬかもしれない予知を視た。16歳の少女が精神的にきついのは当然だ。

だからといって、ここに柚葉を連れてこないと判断しても、予知を変える効果があるかは微妙だ。今のところ的中率１００％である予知が今回だけ外れると願うのは、歩の性格的にも合わない。そんなものは神頼みと変わらない。

上り坂の道路を30分ほど走ったあたりで、一際《ひときわ》目立つ大きな一軒家が建っているのが見えた。この辺りには民家も少なく、走る車も山を越えるためのものぐらいで交通量もまばらだ。そんなところに、あんなお屋敷のような一軒家がいくつもあるとは思えないから、あれが目的地で間違いないだろう。

「あそこだな」

歩は一軒家の敷地に入ると、玄関横の駐車スペースに車を停《と》める。駐車スペースには1台高級車がとまっていた。あれが孝弘のものだとすると、だいぶ景気が良さそうだ。

車を下りて、歩と柚葉は玄関に向かう。インターホンを鳴らすと、出てきたのは孝弘だった。事務所に来た時のようなスーツ姿ではなく、ラフなトレーナー姿だったが、よく見ると高級ブランドのロゴがついていた。トレーナーといっても1枚6桁はしたはずだ。

「よく来てくれた。今日は頼むよ」

孝弘は機嫌が良さそうに笑みすら浮かべて、歩たちを家の中へ案内した。

玄関から廊下を歩き、広々としたリビングを抜けて一番奥の部屋まで来た。部屋の中に入ると、車を停めた玄関側から真逆の位置らしく、窓から見える景色は林が広がっていた。

「ここが父の書斎《しょさい》だった部屋だ。手紙もここの机で見つかった」

孝弘が窓際の書斎机を示す。

部屋には天井まで届くような立派な本棚があり、本がぎっしりと詰まっている。正一の死後もそのままにしてあるようだ。

他には壁際に木製ラックが並び、表彰楯やウィスキーの瓶やグラス、額に入った書や壺《つぼ》にお皿などが雑多に飾られていた。

「こちらの本棚が、手紙にある本棚だと思われる理由はなんですか」

歩は孝弘を振り返る。

「父の本棚というと、ここしか思い当たる場所はない。社長室にも小さな本棚はあったが、既に持ち物は私の物と入れ替えてしまってある。別にマンションの部屋もあるが、そちらには本棚自体がなかった。残っているのはここだけだ」

「そうですか。とにかくこの部屋を調べてみます」

「頼んだ。私はリビングにいるから、何かあれば声をかけてくれ」

孝弘はそう言って、リビングに戻っていった。

昨日会ったばかりの探偵を家の中に入れて、特に監視の目もつけないとは思わなかった。そもそもこれだけ広い家に、お手伝いさんの一人もいない様子なのが意外だ。

普段、あまりこの家を使っていないのかもしれない。家に籠《こ》もって何かする時はいいだろうが、それ以外では立地が不便すぎる。

それに、まったく監視の目がないわけでもなかった。歩がざっと把握した限りでは、この書斎から外に出るには、リビングを通って玄関に向かうか窓から出るかしかない作りだ。

そしてそのリビングには、孝弘がいるという。勝手に動かないように監視している状態ではあった。ただ、孝弘がそこまで考えたのかはわからない。家の構造的なことだし、待っている間に孝弘がリビングでくつろぐのは不自然ではないからだ。

「これを調べるのは大変そうですね」

柚葉が、本棚を見上げて圧倒された顔をしている。

「だから、動きやすい服を着てきたんだ」

「そうですけど、1冊ずつ調べるんですか？」

本棚は天井まであることから、高さは3メートル近い。横幅も同じくらいあるだろう。本の冊数も500冊ぐらいはあるか。

高いところにある本を取るための脚立があるぐらいだから、正一はよほどの本好きだったと窺《うかが》えた。

「どういう風に隠したのかわからないからな。1冊ずつ本に何か挟まっていたりしないか、不審な点がないかをチェックする。といってもこの数だ。本を開いてわかる程度の調べ方でかまわない」

500冊を丁寧《ていねい》に調べていたら、今日中に調べ終わらない。

この本棚に必ずあると決まったわけではないから、ここにだけ時間をかけたくはなかった。

歩は作業を始める前に、本棚の写真をスマホで撮っておく。元に戻すときにわからなくならないようにと、並び順がヒントになっている可能性を考えてだ。

部屋の様子も写真に収めておく。なにか無意識に動かしてしまうかもしれない。部屋はなるべく入ってきた通りに戻せるようにしておく。

部屋の写真を撮っていた歩は、ふと書斎机に視線を止める。手紙が見つかったという場所。そこだけ他の場所と違い埃《ほこり》がなく掃除されていた。

「貝瀬さん、始めてもいいですか？」

柚葉がマスクをして、髪にはヘアバンドをしてまとめていた。

細かい指示までは出さなかったが、自分で考えて準備してきたようだ。探偵の助手らしくなってきた。

「始めよう」

歩もマスクをつけて、作業に取り掛かる。

本棚の上の段から歩が調べて、一番下の段から柚葉が調べるという形に手分けする。本の種類はまちまちで、ハードカバーもあれば文庫本やソフトカバーの本もある。

作者はある程度固まっているものの、その作者の全作品が集まっているわけでもない。どうやら正一の性格は几帳面《きちょうめん》とは言えないものだったようだ。

本棚全体がそんな形だったので、本のタイトルの順番が謎かけになっている確率は低そうだ。もしそうだとしたら、あまりにもヒントが少なすぎて解《と》かせるつもりのない謎になる。本の中にミステリーはほぼないことからも、正一がミステリー好きだったこともないだろう。

第一、意味ありげな手紙を残すぐらいだ。見つけて欲しいのだから、解けない謎で隠すことは考えにくい。

「正一さんは、小説はあまり読まなかったみたいですね」

柚葉が、本を1冊ずつ調べながら言う。

「ビジネス書やエッセイ、古典なんかが多いな。特定の作者で揃えてる様子はないが、北大路《きたおおじ》魯山人《ろさんじん》だけは揃っている」

「魯山人って聞いたことがある気がするんですけど、どういう人なんですか」

柚葉は、作業を続けながら聞いてくる。

「一言で言えば、明治から昭和に生きた芸術家だな。陶芸家であり書道家であり画家であり料理研究家であり美食家だった。特に有名なのは料理と陶芸だ。会員制の高級料亭の経営に関わっていたし、陶芸家としては人間国宝に指定されるほどだ。人間国宝は本人が辞退したけどな」

歩だって魯山人が生きた時代は知らないから、単なる知識でしかない。

それでも今でも名前を聞くのは、それだけ影響力のあった人物ということなんだろう。

「ここにあるということは、本も書かれたんですよね」

「色々書いているな。主に食についてが多いが、芸術についても書き記している。辛口の語り口で、死後半世紀以上経った今でもファンがいるぐらいだ。正一さんもそういう一人だったのかもしれない」

他にも本はあるわけだから、魯山人だけを好きだったわけではないだろう。ただ本棚に15冊も魯山人の著作があることから考えても、特別とは思っていたかもしれない。他の本ではこれだけ同じ作家の著作を集めてはいない。

それが、あの手紙の秘密に関わるかどうかはわからないが。

「正一さんは、貝瀬さんの叔父さんとお知り合いだったんですよね。貝瀬さんは会ったことがあるんですか？」

柚葉が作業しながら尋《たず》ねてくる。

単純作業だから話をしていないと、飽《あ》きがくるんだろう。少しぐらいは付き合うか。

「事務所に来た時に数回、挨拶はしたことがある。穏やかそうな人だったよ。ただ俺が知っているのはそれぐらいだ。正一さんの相談は叔父が友人として受けていたもので、探偵事務所としてという形ではなかったからな」

「答えたくなかったらいいんですけど、貝瀬さんの叔父さんはどんな人だったんですか」

柚葉は窺うように、歩を見てくる。

あの様子だと、叔父について聞くタイミングを計《はか》っていたのかもしれない。

「叔父か」

直接事件には関係ないが、考えてみれば柚葉からしても働いている探偵事務所の前の所長だ。まったくの無関係というわけでもない。

それに叔父が亡くなって2年が過ぎて、叔父のことを口に出す苦しさも薄れた。

「変わった人だったな。両親が亡くなった後、子供だった俺を引き取ったという話は前にしただろう」

「聞きました。貝瀬さんが10歳の頃ですよね」

「そうだ。ただ、その時は祖父母も生きていたし、独身の叔父が引き取る流れではなかったんだよ」

「それはちょっと不思議でした。偏見を持つつもりはないんですけど、独身の男性がいきなり子供を引き取るってイメージが湧《わ》かないなって」

「その通りで、他に引き取り手がないならあり得るケースだが珍しくはある。叔父さんが引き取ってくれたのは、俺のせいなんだよ」

「貝瀬さんのですか?」

柚葉が手を止めて、歩を見た。

「当時の俺は両親をいきなり交通事故で亡くして、かなり塞《ふさ》ぎ込んで人と話さなくなったんだ。そういう子供をいきなり引き取ることは、祖父母の間でも決心がつかなかった。特に父方も母方も、祖父母とは年に一度会う程度だったからな」

「でも、そういう時こそ家族の支えが必要なんじゃ……」

「理屈ではそうだし正論だろうな。でも、正論を通せば全てうまくいくわけじゃない。感情が伴《ともな》わない正論は不幸だと俺は思う。そういう意味では、正直な祖父母の反応は悪い事じゃなかった。無理に引き受けても、お互いが不幸になるだけだったかもしれないからな」

「それで叔父さんが？」

「叔父は元々、引き取るつもりがあったそうだ。俺とも月に一度くらい会っていて、両親以外では一番身近な親戚だったからな。ただ、祖父母を差し置いてまで言うべきか様子を窺っていたら、話がまとまりそうもないから名乗り出たんだぞうだ」

実際のところ、祖父母は責任が持てないということを言っていたらしい。自身にはその時の記憶はないが、叔父が後で教えてくれた。

年齢的にも老境を迎えていた祖父母に、子育てをもう一度する決心は難しかったんだろう。今ではそれも理解できる。

「それで、叔父さんのところに来たんですね」

「色々ごたつきはしたそうだが、叔父は強引に押し切った。それから叔父のところで暮らすようになったんだ」

「じゃあ、それで貝瀬さんは元気になったんですか？」

「3カ月ぐらいは、ほとんど口を聞かなかったみたいだな。当時のことは記憶がおぼろげなんだ。普通にコミュニケーションを取るようになるまで、1年ぐらいはかかった。よく叔父が付き合ってくれたと思うよ」

「優しい方だったんですね」

「間違いなく俺の恩人だ。ただ、変わり者ではあったよ。おぼろげな記憶の間で唯一はっきり覚えているのは、叔父が毎日マジックを俺の前で披露していたことだ。探偵事務所を開いていて忙しくしていたはずなのに、毎日必ず新しいマジックを覚えてきて俺に見せていた。叔父にとってそれがどうにか思いついた、俺とコミュニケーションを取る方法だったんだろうな」

「確かにちょっと変わってますね。新しいマジックを、探すのも覚えるのも大変だと思いますし」

「叔父は、人の裏をかくのが好きだったからな。マジックはそういう意味では、叔父向きだったんだろう。いつだったか、ハンバーグを作ってくれたことがあって食べたら、こんにゃくとキャベツを使ったハンバーグだったことがある。味に驚いた俺を見て、叔父はにやにや笑ってたよ」

「でも、それだけ気を許してる関係って気がしますよ」

「叔父の性格が大きい。いつの間にかペースに飲まれて、相手を愉快な気分にさせるのが得意だった。いつもの自分を取りもどせたのも叔父のおかげだと思ってる。それでいて探偵としては一流だったし、最後までよく摑《つか》めない人だったな」

今後どれだけ探偵を続けたとしても、叔父以上の探偵になれるとは歩は思えなかった。それでも探偵という仕事を続けているのは、叔父がやり続けた探偵という仕事を歩も気に入ってしまったからだ。

叔父が探偵であり続けたことが、今ならわかる。これは魅力的な仕事だ。

「お会いしてみたかったです」

「俺も桐野を会わせてみたかったよ。……さあ、そろそろ話は終わりだ。作業に集中しろ」

歩と柚葉は、作業スピードを上げた。

　そうしてお昼も回って2時過ぎ頃に、ようやく本棚の本を全て調べ終わった。

「なにも見つかりませんでしたね」

柚葉が額《ひたい》の汗をタオルで拭う。

　本にも何もなかったし、本棚にも仕掛けは見つけられなかった。

　手紙にある本棚がこのものではなかったか。だが思い当たる本棚は他にない、と言っていた孝弘の言葉は信憑性《しんぴょう》が高い。わざわざ探偵に依頼して、嘘をつく理由がない。

　となると何かの思い違いをしているか。本棚に隠した。その言葉を遺したのは正一だが、恐らく叔父の泰三のアドバイスがあってのことだろう。

　泰三はなぜそんな隠し方を勧めたのか。そもそも、なぜ隠さなければならなかったのか。物を隠すのは、誰かの目から隠したいからだ。それも死後。

　誰の目から？　そう考えて歩はふと頭に推理がよぎった。書斎机に向かうと、引き出しを開けて探し始める。

「貝瀬さん、なにしてるんですか？　勝手に引き出しを開けちゃまずいんじゃ」

　柚葉の声は聞こえていたものの、歩は思考に集中していた。

「隠すということは見つからないようにしていた、ということだ。そして、叔父は人の裏をかくのが好きだった。そんな叔父が本棚にある、と書いた手がかり通りに本棚におくわけがなかったんだ」

歩はぶつぶつと呟きながら、引き出しを開ける。

中には使いこまれた万年筆が入っているだけ。正一の物か。歩は引き出しの底を指で叩く。音が軽い。底面に力を込めると板がずれた。

「二重底か」

そのまま底の板を取り出すと、もう一つの引き出しの底が現れる。あったのはUSBメモリとメモ書きだ。

「なんですか、それ！」

柚葉が歩のところに駆け寄ってきた。歩はメモ書きに書かれた文章に目を落とす。

『これを見ていまだに改心の余地がないと思ったら、公表してほしい。　矢橋正一』

ふるえる字で書かれている。病床で書いたものかもしれない。それと一緒に泰三の書いたメモも入っていたが、こちらは歩は一瞥《いちべつ》してポケットにしまう。

「どういう意味でしょう？　改心って誰のことを言ってるのかは、書いていないですね。このデータの中身を見れば、わかるんでしょうか」

「すぐに思いつく人物は一人だがな。だとしたら……いったん帰る」

歩は荷物をまとめ始める。

「えっ、それを孝弘さんに渡さなくていいんですか？」

柚葉が驚いた顔で、あたふたとしていた。

「そうするかどうかは、中身を見てから決めたほうがいい」

USBメモリをバッグにしまう。柚葉も理解はしていないそうだが、今は歩の判断に従うことにしたらしい。自分のバッグを持って、忘れ物がないか確認していた。

部屋を見回して片づいているのを確認してから、歩と柚葉はリビングに向かう。リビングのソファでは、孝弘がくつろいでいた。帰り支度の歩たちを見て、驚いた顔をする。

「調査はどうなった？」

「それなのですが、本棚を調べても何も見つからなかったので、また明日に調査の続きをしたいと思います。よろしいですか？」

嘘ではない。USBメモリの中身を調べて、明日また来るつもりだ。歩の想像通りなら、それで片《かた》が付く。

「かまわないが、まだ3時前だしゆっくりしていったらどうだ」

リビングのテーブルには、焼き菓子の箱が置いてあった。既に中身が半分ぐらいなくなっているのは、孝弘が食べたからのようだ。

「いえ。せっかくのお誘いですが、明日の調査の準備もありますから」

「そうか。なら引き止めるのも悪いな。明日も頼む」

孝弘は、あっさりと引き下がった。そのほうが歩としても助かる。孝弘との会話は明日も出来る。今はUSBメモリの中身が気になった。

「わかりました。失礼します」

歩は頭を下げて玄関に向かう。家を出ると、スマホで電話をかけた。相手に短く用件だけを伝えて車に乗り込む。

歩が運転席に乗り込むと、後部座席の柚葉が困惑した表情を浮かべていた。

「よく状況がわからないんですけど。なんで慌てているんですか」

慌てている。歩は柚葉に言われて、初めてそんな風に見えていたことに気づい

「桐野、頭を下げて前の座席に掴まってろ！」

後部座席の柚葉に怒鳴《どな》る。

「は、はい！」

柚葉が言われた通りに頭を下げたのをミラーで見て、歩はハンドルを切って車の側面をガードレールにぶつける。

金切り音を響かせながら、車が激しく揺れる。ぶつけすぎるとガードレールごと崖下に落ちる。そうならないように、摩擦《まさつ》で速度だけ落ちるギリギリを狙って、ガードレールに側面をこすりつける。

「ちっ！」

歩は思わず舌打ちした。

正面に急カーブが見える。今ハンドルを切ってもカーブを曲がり切れない。歩はスピードを落とすことに専念する。

正面にガードレールが迫ってくる。あれを突き破ったら崖下まで真っ逆さまだ。

歩はタイミングを見て、覚悟を決めてハンドルを切った。

今ごろ崖の下か。

矢橋孝弘はリビングのソファに座り、窓から探偵たちが車で出て行った方向を眺めた。

この山道の下り坂で、ブレーキが効かなくなれば事故を起こす。この山は、今までも何件もの事故が起きている事故スポットだ。事前に知らなければ、車の少ない道路では無意識にスピードを出しすぎてしまう。そうなれば、あの細工された車で止まることなどできないだろう。

孝弘は自然と頬が緩《ゆる》む。

細工は簡単だった。あいつらが書斎で作業している間に、車のブレーキオイルに細工をしただけだ。平地ならアクセルを踏まなければ車は止まる。だが、この下り坂では致命的だ。

ここまでやらなければならなかったのも、親父のせいだ。あんなものを遺しているから。

あのＵＳＢメモリの存在には気づいていた。気づいて中身も確認した。ＵＳＢメモリの中にあったのは、俺が会社の金を3億ほど横領しているのがわかる帳簿だった。気づいていやがったんだ、親父は。その事実を知った時、孝弘は大きく舌打ちした。

墓場まで黙って持っていけばよかったものの、何を思ったかあんな形で遺すとは思わなかった。

そして、それを貝瀬という探偵に伝えてもいた。

調べたところ、先代の探偵は死んでいたが、跡を継いだ男がこのことを知らないとも限らない。

だからこそ、孝弘はあえて依頼をしに行った。

そうしたら、あの助手の女が怪しい動きをした。まるで何かを知っていて焦っているかのように取り乱した。

だから、孝弘は確信した。こいつらは知っているんだと。

孝弘を脅すつもりか、それとも会社に告発でもするつもりか。これまで動かなかったところを見ると、証拠を手に入れてからにするつもりなのだろう。

もう始末するしかなかった。

ＵＳＢメモリをあいつらが何も言わずに持っていったことで、もう時間がなくなった。偽のデータを掴まされたと気づけば、直接問い詰めてくるかもしれない。

証拠がなければいくらでも言い逃れできるが、怪しむ会社役員も出てくるかもしれない。その前に始末する必要があった。

事故が起きれば、警察が調べて車からUSBメモリが見つかるかもしれないが、データは偽物なので問題ない。あいつらが持っていったデータは、孝弘が書き換えた横領の証拠がない帳簿だ。

それにしても、USBメモリを見つけられたのは僥倖《ぎょうこう》だった。親父のメモが見つかる前に、デスクを調べている時に偶然気づいた。

あれに気がつかなければ、親父が仕掛けた罠《わな》に気づくことなく、いつか横領の証拠という爆弾が爆発していたかもしれない。そうしたら破滅だ。

今頃、あいつらは崖下だろうか。警察が事故に気がつくのはいつになるか。ガードレールが壊れていれば、案外早いかもしれない。だとしても、ここの崖は数十メートルの高さがある。落ちれば命はない。

この山道でブレーキをかけすぎて、ブレーキが利かなくなり事故を起こすケースはあるから、警察も同じような事故として扱うはずだ。ブレーキオイルの事も、車が大破すれば証拠が残らない可能性もある。そうすれば万々歳《ばんばんざい》だ。どちらにせよ警察の捜査はあるかもしれないが、俺がやった証拠はない。これですべてうまくいった。

孝弘を脅《おびや》かすものは消えた。今夜は祝杯でもあげようか。確か書斎にウィスキーがあったはずだ。

ソファから立ち上がろうとすると、玄関のインターホンが鳴った。

今日はもう、来客はないはずだが？

不審に思いつつ、インターホンに出る。

「孝弘さん、すみません。開けていただけませんか？」

玄関前のカメラに映ったものを見て、孝弘は呆気にとられる。

「な、なぜだ……」

玄関前に立っていたのは、今崖下にいるはずのあの探偵たちだった。

## 3

死ぬかと思った。正直なところ、歩が助かったと確信が持てたのは車がガードレールの手前で止まってからだった。

車はガードレールとの摩擦での減速がギリギリ間に合って、なんとか止まることができた。車はひどい状態で、運転席のドアを開けるのにも苦労したぐらいだ。

「桐野、体の痛むところはないか」

「は、はい……大丈夫です」

柚葉は呆然としていたものの、痛みなどはなさそうだ。

歩は坂倉《さかくら》に連絡を取って、来てもらうことにした。孝弘の家を出る前に、USBメモリについて相談するつもりで連絡してあったので、話は早かった。なにより事故で死にかけた話をすると、「すぐに行く」と慌てた様子だった。

助かった後なのだから、急ぐ必要はないと歩は思うのだが。

「何が起きた？　ただの事故じゃないな」

坂倉は到着するなり、車の惨状を見て顔をしかめた。後ろでは一緒に来た警官たちが、慌ただしく動いていた。

「してやられた。仕組まれたらしい。車をよく調べてくれ。それと頼みがある」

「なんだ？」

「これから犯人のところへ行く。本当は事故の当事者が、現場をすぐに離れるのはまずいだろうが」

「わかった。話を通しておく。ただ俺も同行するのが条件だ」

「それは頼むつもりだったから問題ない。あと、優先して調べておいてほしいことがあるんだが、かまわないか」

「それがこの事故……いや事件の解決に必要なことなんだろう。手配する」

「助かる。じゃあ乗せて行ってもらえるか」

そうして歩と柚葉は、坂倉の車で孝弘の家まで戻ってきた。

車中で坂倉には、事件の概要は伝えておいた。それを踏まえて坂倉が、あちらこちらに連絡を取っていた。

さすがに疲れを感じて、歩は車が到着するまで目を閉じて推理を整理した。

USBメモリの存在に、歩たちより前に孝弘は気づいていた。そして、歩と柚葉を殺そうとした。孝弘の家に戻ってくるまでの間に、その前提で推理をもう一度組み立てて見えてきたものがあった。やはり叔父は曲者《くせもの》だ。

玄関に立つ孝弘は、明らかに動揺していた。

「どうされましたか？　幽霊《ゆうれい》でも見たような顔をされて」

歩は孝弘を見て、笑みを浮かべた。

「い、いや。なんでもない。それより1時間ほど前に出られたのに、どうしてここに？」

孝弘は引きつった顔で応じる。

「少しお話をさせていただきたいんです。正一さんが遺されたものについて」

「父が遺したものがわかったと？」

「そうなんです。彼も一緒でかまいませんか。今回の調査に協力してもらっているんです」

「はあ……まあ、かまわないが」

孝弘は怪訝《けげん》そうな顔ながら頷いた。

坂倉が調査に協力していることには違いない。刑事としてだが。

「できたら、書斎で話をしませんか。なんといっても現場ですから」

「そう……だな」

孝弘は歩の意図がわからないらしく、歯切れが悪い。

「実はこちらの書斎の机の引き出しから、ＵＳＢメモリが見つかりました。同時に正一さんからのメモも残っていました。内容は『これを見ていまだに改心の余地がないと思ったら、公表してほしい。矢橋正一』というものです」

「なるほど。しかし、どうして最初に出て行った時に私に渡さなかった？」

「ＵＳＢメモリの中身を確認しなければ、調査したとは言えません。それに正一さんのこの書き方からすると、横領などの犯罪に関わるものの可能性もありました。探偵には守秘義務はありますが、犯罪行為にまではそれは及びません」

「私を疑ったわけだな。その証拠は出たのか」

孝弘は疑われたというのに、怒る様子もない。逆にここに戻ってきた時より落ち着いてきたぐらいだ。

坂倉の電話が鳴った。

「失礼」

坂倉は断ってから、その場で電話に出る。

そうするように、歩が坂倉に頼んでおいた。

「ああ、わかった。そうか。ありがとう」

坂倉が電話を切った。

「ＵＳＢメモリのデータの中身を調べたところ、特に問題のない帳簿だったようだ。詳しく調べないとわからないだろうが、明らかな辻褄《つじつま》の合わない横領などの証拠があるようには見られないそうだ。あくまで帳簿は照らし合わせないとわからないものだから、確実とは言えないところだが」

坂倉の言葉に、孝弘が笑みを深くする。

「貝瀬探偵の話だと、そのデータには横領の証拠が入ってるのでは？」

「いえ。あのUSBメモリには、もう証拠が入っていないのはわかっていました」

「さきほどの話と、違うんじゃないかね」

「違いませんよ。私は『もう』と言ったんです。最初は入っていたはずです」

「どういうことなんだ？」

坂倉が聞いてきた。

「孝弘さんは、USBメモリをすでに確認していた。正一さんの書斎机だけ埃がなく、本棚や他の部分には埃が積もっていたことから調べたことがわかる。その唯一部屋の中で調べた跡がある書斎机から見つかったUSBメモリに仕込みがあっても、おかしくない」

「それは妄想ではないか」

孝弘は話にならないとばかりに、首を横に振る。

「そうでしょうか。USBメモリを見つけた孝弘さんは中身を確認し、見られてはまずいものがあったため中身を書き換えて戻した。入れ替えたであろうデータに帳簿が入っていたことから、横領かもしれませんね。そしてそれをした人物として、今のこの家の主である孝弘さんが一番疑わしい」

「なにも証拠がない話だろう！　名誉毀損《きそん》だぞ」

孝弘が凄《すご》む。柚葉の肩がビクリと震えたのが見えた。

「いえ。証拠はありますよ」

歩は木製ラックのほうに向かう。そして、飾られている壺を手に取った。

「その壺はただの魯山人の偽物だ。鑑定家が一目で価値がないと判断していた安物の壺だ」

孝弘が笑う。

「でしょうね。正一さんは金銭的価値のないものに、孝弘さんが興味を持たないことを知っていたんです」

歩は壺を手に取ると、中に手を突っこむ。中を探ると、手が引っかかりを掴む。べりっと音を立てて剝がすと、壺から出てきたのはUSBメモリだった。

「なんだ、それは……」

孝弘が目を見開く。

「遺したデータが一つなどと、正一さんは書いていなかったでしょう。正一さんは魯山人が好きだったようですね。著作が多く本棚にありました。それがヒントだったんです。魯山人の壺の写しは、価値としては1万円程度です。遺産相続に関わるような美術的な価値はありません。そんな壺であれば、孝弘さんは目もくれないと考えた」

叔父が入れ知恵しているなら、机の二重底のほかにも同じUSBメモリが隠されていてもおかしくない。一つのUSBメモリを見つけて孝弘を安心させる。叔父はそういう裏をかくのが得意だった。そのことに歩が気づいたのは、事故を生き延びた後だった。

あの叔父が、あんなわかりやすい引き出しの二重底にだけ隠すわけがなかった。そもそも本棚のヒントとも結びつかない。叔父の得意げな顔が思い浮かんだ。

「じゃあ、その中には……」

孝弘の顔がたちまち青くなる。

「横領かなにかしらの犯罪の証拠が入っていると思いますよ。孝弘さんには都合の悪いね」

歩は、そのUSBメモリを坂倉に渡す。

「孝弘さんには、警察に行ってもらう必要があります。言っていませんでしたが、彼は埼玉県警の刑事です」

「け、刑事……。いや、なにを言っている！　そのデータの中に犯罪の証拠があったとして、なぜ私に関わりがあると言えるんだ。捜査もしていないのに！」

「いえ、違います。そちらではないです。……俺と桐野を殺そうとした殺人未遂のほうだよ」

歩は途中から、口調が変わった。ここまで怒りを抑えるのに、苦労した。歩は別にお人好《ひとよ》しではない。殺されそうになってまで、礼儀正しい探偵として振る舞う気はなかった。

「なにを言って……」

「俺たちは帰りの山道で車のブレーキが効かなくなり、事故を起こした。その事故のブレーキが効かなくなったのは、あんたが細工をしたからだろう」

「証拠がない！　事故にあったのは災難だったが、私がやったなどただの妄想だ」

「それがそうでもない。ドライブレコーダーは知っているな。通常、ドライブレコーダーが録画するのは、車にエンジンがかかっているときだ。エンジンを切ると録画されない。だが、常時録画する方法もある。外部バッテリーを車に積んで、そのバッテリーとドライブレコーダーを繋《つな》げることによって、車のバッテリーに依存しない方法だ。これなら、録画をずっとし続けても車のバッテリーが上がってしまう心配がない」

「な、なにを言って……」

孝弘の手が震えていた。

「俺の車にも同じように、常時録画のドライブレコーダーが仕掛《しか》けてあった。つまり、エンジンを切って止まっている車に近づいて細工していたら、それがすべて録画されている、というわけだ」

また、坂倉のスマホに連絡があった。

坂倉がスマホで話をし終えると、孝弘を睨《にら》むように見た。その迫力に孝弘が後ずさる。

「今、ドライブレコーダーを確認した刑事から連絡がきた。不審な動きで車に近づく、矢橋孝弘さんの姿が映っているとのことです。事情をうかがうために、ご同行いただけますか」

「まさか」

孝弘が、がっくりと膝《ひざ》を床についた。

## 4

1週間後。貝瀬探偵事務所に、坂倉が報告に来ていた。

「矢橋孝弘は、殺人未遂と会社の金の横領の両方の罪で、起訴される見通しだ」

「あれだけ証拠が揃って起訴されなかったら、警察との癒着《ゆちゃく》を疑うところだな」

「それにしても、よくあの坂道で減速していたな。スピードを出していたら、まず崖下だっただろう、と鑑識が言っていた」

「ああ……それは車の事故には気をつけろ、ってよく当たる占いで言ってたんだよ」

予知で視たとは言えないので、歩はいつもの適当な理由で誤魔化《ごまか》しておく。鑑識の見立て通り、予知を視ていないでいつも通りのスピードで走っていたら、ガードレールでの減速も上手くいかなかったに違いない。

「また占いか。そんなに当たるなら、俺にも紹介して欲しいぐらいだな。ドライブレコーダーを、わざわざ常時録画タイプに変えていたのも占いだっていうのか？」

「よく当たる占いだろ？」

歩は大げさに肩をすくめて、おどけてみせる。

「そういうことにしておいてやる」

坂倉も嘘だとわかっているが、歩に真相を言う気がないのが伝わったのか、それ以上聞くことを諦めた。

「ああ、そうだ。正一さんの書斎を調べたところ、本棚の木枠の中にUSBメモリが見つかった。中身のデータは同じものだった。いったいいくつ隠してあったんだ？」

「さあな。さすがにそれで終わりだと思うが、叔父の性格だともう一つぐらいあってもおかしくないな」

「調べるほうの身にもなってほしいな」

坂倉は苦笑いすると、帰って行った。

入れ替わるように、柚葉が事務所にやってきた。

「今回は、本当にダメかと思いました」

よほどトラウマになったのだろう。柚葉はあの事故以来、何度も同じことを言っていた。

「桐野の予知がなければ、死んでいたかもな」

「どうせなら、事故にも遭わないようにしてほしかったです。生きた心地がしませんでしたよ」

「それは無理だな。今のところ、桐野の予知は100%当たる。俺がやっているのは、予知の外側に起きる現象を、都合のいいように誤魔化しているだけだ」

「じゃあ、もしも私が車が崖下に落ちる予知を視ていたら……」

「車は崖下に落ちていたな。まあその上で助かる方法を考えただろうが」

崖下に落ちたからといって、死が確定したわけではない。車だけが落下したかもしれないし、崖の高さが低いところに落ちるかもしれない。

「貝瀬さんらしいです」

柚葉は嬉しそうにしていた。なにが嬉しいのか歩にはさっぱりだが、過大な期待はしないでもらいたい。

その日は何の依頼もなく、柚葉は夕方になると帰って行った。

事務所に一人になると、歩は写真を手に取った。坂倉が置いていったものだ。

孝弘が持っていたもので、書斎机にあったUSBメモリと一緒に入っていたもう1枚のメモ書きの写真だ。さすがにメモそのものは、証拠として警察に保管されている。

そこには懐かしい泰三の文字でこう書かれていた。

『もしもこれの扱いに困ったら、貝瀬探偵事務所を訪ねてくれ。頼りになる奴がいる。　貝瀬泰三』

これを見たせいで、自身の横領の秘密を知るかもしれないと、孝弘は探りを入れるために依頼をしてきた。そして歩たちの行動が怪しいと考え、命を狙われることになった、というわけだ。

「いい迷惑だ」

この文章から察するに、叔父は歩が貝瀬探偵事務所を継いで探偵を続けると信じていたみたいだ。そんな約束をしたこともないのに。

そしてもう1枚。

壺の中から見つけたUSBメモリには、もう1枚の泰三のメモがあった。そちらもメモが写真に撮られている。

こちらは署名はなく、泰三とわかる筆跡で短く一言だけ書かれていた。

『お前が見つけたか？』

どうやら探偵を継ぐだけでなく、あのUSBメモリを歩が見つけることも叔父は見通していたらしい。

「ほんと、叔父さんにはかなわないな」

歩の顔は自然と綻《ほころ》んでいた。

文春文庫

助手《じょしゅ》が予知《よち》できると、探偵《たんてい》が忙《いそが》しい
依頼人《いらいにん》の隠《かく》しごと

定価はカバーに表示してあります

2024年7月10日　第1刷

著　者　秋《あき》木《ぎ》真《しん》
発行者　大沼貴之
発行所　株式会社 文藝春秋

東京都千代田区紀尾井町 3-23　〒102-8008
TEL 03・3265・1211㈹
文藝春秋ホームページ　http://www.bunshun.co.jp
落丁、乱丁本は、お手数ですが小社製作部宛お送り下さい。送料小社負担でお取替致します。

印刷製本・TOPPANクロレ
Printed in Japan
ISBN978-4-16-792251-1